Tiempo muerto

Margarita García Robayo

Tiempo muerto

Tiempo muerto

Primera edición en Colombia: agosto de 2017
Primera edición en México: septiembre de 2017

D. R. © 2017, Margarita García Robayo

D. R. © 2017, de la presente edición en castellano para todo el mundo:
Penguin Random House Grupo Editorial, SAS
Cra. 5A # 34A-09, Bogotá (Colombia)
PBX (57-1) 743 0700

D. R. © 2017, derechos de edición mundiales en lengua castellana:
Penguin Random House Grupo Editorial, S. A. de C. V.
Blvd. Miguel de Cervantes Saavedra núm. 301, 1er piso,
colonia Granada, delegación Miguel Hidalgo, C. P. 11520,
Ciudad de México

www.megustaleer.com.mx

D. R. © diseño: Penguin Random House Grupo Editorial,
inspirado en un diseño original de Enric Satué

ISBN: 978-607-315-955-5

Impreso en México – *Printed in Mexico*

El papel utilizado para la impresión de este libro ha sido fabricado a partir de madera procedente
de bosques y plantaciones gestionadas con los más altos estándares ambientales, garantizando
una explotación de los recursos sostenible con el medio ambiente y beneficiosa para las personas.

Penguin
Random House
Grupo Editorial

Afterwards, when we have slept, paradise-comaed
and woken, we lie a long time looking at each other.
SHARON OLDS
The Knowing

1

Lucía y los niños están echados en la arena.

Tomás encajado a un costado de su cuerpo, y Rosa en el otro. Como dos órganos blandos de fácil remoción.

Huelen a sal y a mazorca asada.

Tomás se queja del libro que Lucía le compró: «Benjamín sale a pasear en su nave y se queda sin combustible. Improvisa un aterrizaje de emergencia en un asteroide y se sienta a esperar…».

No le gusta nada, dice.

—¿Pero por qué? —le pregunta Lucía.

Él se encoge de hombros y frunce el entrecejo. Es un tic, lo repite muchas veces a lo largo del día. Un movimiento mínimo pero vital, como el de plegar y soltar el diafragma en cada respiración.

Ya se terminaron los fuegos artificiales. Sólo quedan los rusos, sus voces ríspidas perdiéndose en el aire, intentando rescatar unos cohetes que se elevan poco más de un metro y que, en vez de explotar, sueltan una humareda negra y espesa. Hace un rato los niños empezaron a toser y Lucía tuvo que moverse a la playa de al lado, donde encontraron una pequeña colina de arena que debía haberse formado tras el paso insistente de una cuatrimoto. En ese mojón, Lucía apoyó su espalda.

Ahora está a punto de dormirse.

Los últimos cohetes caen en la arena con un sonido melancólico, rotos y sin gracia.

Tomás dice que él puede contar una historia mejor que la del libro. Lo abre y hace como que lee:

—Benjamín salta al vacío. Se hunde en un hueco negro de agua helada y se queda tieso y entumecido.

—¿Quién te enseñó la palabra *entumecido*? —le pregunta Lucía.

¿Y Tomás qué hace? Se encoge de hombros.

Rosa está dormida. Antes de dormirse le preguntó por Pablo. «Se quedó trabajando», le contestó ella. Y Rosa la miró fijo, como buscando en su cara alguna otra respuesta. Después abrió la boca en un bostezo enorme, en el que cabía un puño cerrado.

Es 4 de julio. Los fuegos artificiales empezaron a eso de las ocho, cuando todavía era de día. «No se ve nada», se quejó Tomás, mirando el cielo mientras se hacía sombra con las manos. Poco después, toda la costa de Miami Beach se llenó de luces que explotaron en más luces. Había personas sentadas en la arena empuñando botellas de cerveza y comiendo cosas que venían en latas. Lucía había llevado jugos para los niños y una champaña para ella. Y unas uvas orgánicas de las que Rosa se antojó en el supermercado y después no quiso. Habían costado casi lo mismo que la champaña. A eso de las ocho y media, Rosa se antojó de unas mazorcas que asaban en el bar de la piscina y fue hasta allá, pidió tres y dijo que se las cargaran a la habitación. Se manejaba perfectamente bien en los hoteles. Tenía dificultades con las tablas de multiplicar —eso decía una tal miss Fox en el último informe de la escuela—, pero se sabía de memoria los dieciséis dígitos de la tarjeta de crédito de su mamá.

—Benjamín dura congelado doce siglos, hasta que un meteorito cae en el hueco de agua helada y estalla adentro. Y revive, pero desintegrado.

—Tomi —dice Lucía—, vamos a dormir. Mañana sigues.

Tomás cierra el libro y se pone de pie. Lucía alza a Rosa y camina de vuelta a la playa del hotel. Los rusos están sentados en círculo, toman algo en unos vasos desechables y cantan canciones rusas. Son estridentes. Se visten con ropa cara pero fea. Los más jóvenes, hombres y mujeres, son escandalosamente bellos. Los más viejos están fofos y gastados. Esa perspectiva le da cierto alivio.

—No me gustan esas personas —dice Tomás.

—Se llaman rusos.

Para entrar al hotel hay que atravesar un camino de piedras hasta dar con unos escalones que conducen a la piscina.

—No me gustan los rusos —insiste Tomás, ya en el ascensor.

Lucía quiere estirar su mano para alisarle el pliegue entre las cejas, pero necesita ambos brazos para sostener el peso de Rosa.

—A mí tampoco —contesta.

Esa mañana llegaron de New Haven a instalarse por dos semanas en un apartamento que tienen los papás de Lucía en Sunny Isles. Queda en un hotel moderno, pero discreto, y está equipado con todo lo que una familia latinoamericana más o menos acomodada precisa en sus vacaciones —incluido el servicio diario de limpieza y la facilidad de alquilarse una mucama del *staff* para que les haga algunos extras: cocinar, lavar, planchar, hacer compras, cuidar a los niños—. Algunas familias llevan a su niñera. Los papás de Lucía tienen a Cindy, que vino adosada al apartamento y propone una situación menos tercermundista que la de viajar con la sirvienta —o al menos eso se dicen ellos—. Cindy nació en Estados Unidos, pero tiene padres cubanos. No usa uniforme. Tiene bucles castaños, auto propio, caderas anchas y redondas. Y un marido celoso, según contó alguna vez sin que nadie le preguntara. Cindy es una de esas chicas que se acerca mucho a las personas para hablarles, como si todo se tratara de un secreto. Y le gusta tocar: «¿Quieres que te haga un masaje en los pies, Lucy?», te cae de la nada, y antes de que puedas contestarle ya te ha sacado los zapatos y tiene los pulgares hundidos en las plantas de tus pies, generándote una mezcla de placer y repugnancia. Lucía no le da espacio para que se acerque, y aun así no consigue controlarla demasiado. Cindy la odia. O eso piensa ella, aunque su mamá le dice que está equivocada: «No le has dado la oportunidad de conocerte». Y Lucía: «Claro que no». Cindy usa a los niños para comunicarle su resentimiento; casi todas las quejas que deja entrever, mientras revuelve huevos, sirve el café o se mira las cutículas, tienen que ver con el carácter de Lucía: «¿Qué desayunó su mami, ácido muriático?». Los niños la miran embobados. «¿Vinagre con limón?». Los niños la abrazan y la besan.

La primera vez que visitaron el apartamento fueron todos: Pablo, Lucía, Tomás y Rosa, que entonces eran bebés. Días después, se sumaron los abuelos. Cindy estaba excitadísima. Su sentido de la proxemia era el de un perro faldero, se paseaba por rincones escasos como si se hubiese tragado un tornado. Un día golpeó a Pablo con las nalgas. En la cara, lo golpeó. Se había inclinado a buscar un juguete de Tomás debajo de un sillón, y Pablo, que intentaba leer un libro en el asiento de enfrente, sintió un golpe ciego en el tabique. Las lágrimas le nublaron la vista. «Fue como besar una bola de demolición», le diría aquella noche a Lucía, y se reirían como borrachos. Porque estarían borrachos. Todavía no habían tenido la conversación sobre el alcohol y los hijos. O el alcohol como sustituto del sexo. O el alcohol y ese aliento podrido que manejaban últimamente.

Esta noche Lucía duerme en su cama con los niños.

En realidad, los niños duermen y ella se desvela mirando el noticiero. Anuncian días soleados y eso debe producirle algún tipo de satisfacción, pero lo cierto es que ella habría preferido que se desatara una tormenta esa misma noche. Algo amenazante, pero no trágico. Que no sacudiera muchos techos, pero que los obligara a ellos a permanecer en el hotel buena parte de las vacaciones. Los niños jugando con sus iPads o al parqués con Cindy (lo mejor de Cindy era que conseguía sentarlos a jugar juegos en los que no mediaba una pantalla), y ella leyendo la basura que había en la biblioteca de su mamá. Esa basura que obraba en su cabeza de un modo más eficiente que el alprazolam.

Se levanta de la cama y va hasta la cocina por leche.

Se sirve en una taza y la mete al microondas. Cuando está tibia le agrega un chorro de coñac. Su papá lo usa para dormir.

Cindy les dejó frutas, pan y huevos para el desayuno. Adentro de la nevera todo luce brilloso y saludable, como de utilería. También dejó flores en el baño y una nota en el marco del espejo pegada con un imán de la Puerta de Brandemburgo tamaño miniatura. «¡Bienvenidos!», dice la nota. Lucía la despega y la tira a la basura.

* * * *

El pasillo terminaba en un vidrio fijo que llegaba hasta el piso y dejaba ver el paisaje de afuera: un bosque de árboles y un lago con patos. Recortando la vista había una chica de espaldas, con una camiseta suelta y una faldita escocesa que desentonaría con cualquier cosa que se la combinara. Se llamaba Kelly, y era quien había llamado la ambulancia y acompañado a Pablo al hospital. Cuando llegó, Lucía todavía no sabía esto.

Kelly era, también, una de las que había firmado esa carta que recibió Pablo el semestre pasado poco antes de Navidad, y que le enviaban de la secundaria en la que trabajaba. Ahora recordaba su nombre, al que seguía una J y un punto —lo que le pareció demasiado informal para el carácter de la carta—, y que encabezaba la lista de alumnos, escrito con tinta morada y letra minúscula.

Pablo, según le dijo la tarde de la carta —a modo de excusa, pensó entonces, o a modo de efecto distractor, pensaba ahora—, estaba atravesando una crisis: quería dejar las clases y dedicarse a escribir. A Lucía le habría gustado que su crisis planteara: 1) mayor originalidad, y 2) alguna estrategia pragmática que hiciera de su aspiración más un proyecto y menos una fantasía con grandes —enormes— posibilidades de frustrarse. Para el día de la carta, Pablo ya llevaba cerca de un año escribiendo una novela sobre una isla colombiana donde había vivido parte de su infancia, y se la había pasado juntando bibliografía sobre un canal de agua artificial que atravesaba el lugar y cuya construcción había hecho que la fauna de esa isla se extinguiera. No se entendía cómo resultaba de ese asunto una novela. «¿Y la trama?», le había preguntado Lucía alguna vez, y él pareció tomarlo como una ironía que prefirió no contestar.

La carta llegó un viernes, los niños estaban en un campamento y ellos estaban por sentarse a cenar. Pablo la leyó en la mesa. «¿Te echaron?», le preguntó Lucía, y sintió un montoncito de chucrut atorado en la garganta. Pablo no contestó. Dijo, como si viniera a cuento de algo, que en esa isla de la que estaba escribiendo había una ciénaga donde crecían unos bichos extrañísimos que, en su opinión, eran la alegoría perfecta para explicar buena parte de la historia social y política de su país. En realidad dijo *nuestro* país, pero Lucía se hizo la sorda para no entrar en la discusión de siempre. Después siguió describiendo a esas criaturas, atribuyéndoles fisionomías disparatadas, como protuberancias en la cabeza, aguijones venenosos y unas trompas amorfas que mantenían por fuera del agua para chupar oxígeno. «¿Y qué tiene que ver eso con la carta?», dijo ella, interrumpiendo lo que había pasado a ser un monólogo al borde del llanto, con frases cada vez más incomprensibles. Estaba en crisis, era cierto, pero —pensó Lucía y se llenó de furia—: ¿quién no estaba en crisis? Le sirvió un vaso de agua y se lo acercó. Al recibirlo Pablo le lanzó una mirada suplicante y también inaccesible. Una mirada de la que Lucía se distrajo pronto al descubrir las várices en sus córneas. Grietas rojas sobre el blanco amarillento.

Él se levantó de la mesa y subió al cuarto. La carta quedó ahí, junto a la pata de cerdo y el repollo morado y las papas bañadas en crema y perejil. ¿Había que comer así? Ella misma había preparado la cena, pero la imagen de ese plato servido, tan pesado y medieval, la sacudió de un modo orgánico y violento. Apartó el plato y tomó la carta, se sentó y la leyó. Era un descargo bastante serio del director de la secundaria, que terminaba con la advertencia de que debía cambiar de actitud o irse. En la mitad de la carta había un extracto del informe de los alumnos, en el que se quejaban de los métodos de enseñanza de Pablo —«violentos y ofensivos»—, de su sistema de calificaciones —«injusto e infundado»—, de sus ausencias reiteradas —«se pasa el día en las barras de cerveza del vecindario»— y de su aspecto físico —«el profesor viene con la misma ropa todos los días y huele a orines». Después seguía el listado de nombres que debían sumar unos treinta, todos escritos en lapicero negro, salvo el de Kelly J.

—Al no haber una patología cardíaca previa, ni nada en su corazón que nos haga diagnosticar alguna anomalía, debo pensar que se trata de este síndrome…

Apenas entró al hospital —antes de ver a Pablo siquiera— Lucía fue al consultorio de Ignacio, su médico clínico desde que había llegado a New Haven. Ignacio era chileno, pero vivía ahí desde hacía décadas, y podía decirse que en todo ese tiempo habían entablado una de esas amistades que servían para saltarse instancias burocráticas. Así que apenas recibió la llamada del hospital, Lucía se comunicó con Ignacio y le pidió averiguar todo; estaba demasiado nerviosa como para lidiar con una cara desconocida que, seguramente, iba a subestimar su necesidad de saber hasta el último detalle de lo que fuera que tuviera Pablo y del eventual procedimiento.

Y ahora Ignacio le explicaba con sus modos elegantes, con su voz pausada y su mirada empática, para qué servían las arterias. En su escritorio había un pequeño corazón de plástico rebanado por la mitad, al que él apuntaba con un láser. Después de la lección vino el diagnóstico: su marido era un fiestero de puta madre. Ignacio le hablaba de una patología que afectaba el funcionamiento del sistema cardiovascular y se producía por el consumo excesivo de alcohol, carnes rojas, sal, grasa saturada y algunas drogas. Era una patología adquirida, no congénita, y se solía dar, sobre todo, en temporada de vacaciones, cuando la gente se distiende y se descuida.

—De ahí el nombre —Ignacio se aclaró la garganta.

—¿Qué?

Holiday heart, se llamaba el síndrome.

Una canción melódica, pensó Lucía.

Un motel de paso con luces de neón.

—En el caso de Pablo todo esto parece venir acompañado por una conducta sexual que presumo riesgosa y excesiva —volvió a aclararse la garganta y Lucía, perpleja como estaba, todavía tuvo el impulso de buscarle un Halls en su cartera—. Lo siento —dijo Ignacio. Y después hizo silencio.

El silencio servía para construir humillación.

Las paredes color durazno del consultorio, los cuadritos que las poblaban: fotos de orugas y mariposas que Lucía no decidía si le parecían cursis o pornográficas, tenían más dignidad que ella en ese momento. ¿Por qué lo sentía? ¿Era tan evidente que la conducta sexual riesgosa y excesiva no la tenía con ella? Y, ahí, tras el *delay* de ignorancia que sólo podía justificar su narcisismo, Ignacio le contó que Pablo había ingresado al hospital inconsciente y acompañado por una menor.

El silencio podía crecer en segundos, como una plaga, y construir tótems de humillación.

Por suerte, Pablo estaba bien, seguía Ignacio.

¿Por suerte para quién?

Y que había sido un susto, una pequeña obstrucción en una arteria que se había solucionado fácilmente con un *stent*. Para su edad, quizá era un poco prematuro tener un *stent*, pero hoy día —«Hoy día», dijo, y ella se colgó en esa expresión ordinaria, como un escupitajo que salía de una boca fina— muchos hombres tenían uno o varios.

—Ah, ¿sí?

Que sí, insistió Ignacio. No era nada del otro mundo. Con ciertos cuidados, Pablo podría retomar su vida en cuanto quisiera.

Cuando salió del consultorio, tampoco fue a ver a Pablo. Recorrió los pasillos del hospital paseando sin prisa, como si estuviera en un museo. Se cruzó con estudiantes de Medicina, todos con sus uniformes verde manzana todavía sin gastar. Ahí mismo, pero en otra ala, habían nacido Tomás y Rosa. Fue un parto durísimo: la médica encajó sus manos aceitadas en el cuello del útero y le hizo una especie de masaje con presión hacia los costados para ayudar a la dilatación, para allanarle el camino a las criaturas. Era un método doloroso, pero efectivo en el ochenta por ciento de los casos. Lucía no resistió. Pidió que la rajaran. Ya había padecido suficiente el embarazo. Albergar a dos criaturas en un solo cuerpo, pensaba entonces, era exactamente eso: algo forzado y antinatural. Abría los ojos en la noche, sentía la turgencia en su barriga, el movimiento interno, y pensaba: mi cuerpo es una casa invadida por *aliens*.

Después, una vez estuvieron afuera, cambió completamente de parecer. «Casi ningún mamífero pare de a un hijo por vez», empezó a repetir esa frase por ahí. Con el paso de los años se convenció de la sabiduría de su cuerpo; a sus cuarenta y pico ya no habría sido capaz de afrontar un segundo embarazo, pero por suerte no le hizo falta para comprobar que dos hijos constituían la medida perfecta de la maternidad. Más era presuntuoso. Menos era mezquino. Incluso en la estadística estaba bien posicionada: apenas un par de puntos por encima de la mujer americana, que tenía un promedio de uno punto ocho hijos, y un par de puntos por debajo de la latina, que tenía dos punto dos.

«No puedes tener opiniones tan tajantes sobre todas las cosas», le dijo por esos días una vieja colega, en una reunión de viejos colegas. Carla, se llamaba. Trabajaba en la Universidad de Texas y su carrera, vista en perspectiva, era la de un gato salvaje trepando rascacielos. «¿Por qué no puedo?», le dijo Lucía. Los demás las miraban en silencio, gordos de morbo. Y Carla: «Porque pareces una de esas mujeres para quienes la maternidad es el polo principal, hipertrófico, de la vida femenina». Lucía la miró esperando un desarrollo mayor, pero Carla sólo agregó: «Queda feo». Y Lucía: «De todas formas no era una opinión, sino una síntesis ajustada de mí misma». «De todas formas», dijo Carla, «¿cómo se pueden tener uno coma ocho hijos?».

Los demás rieron con sus dientes empastados de queso crema con salmón, tapenade de aceituna y paté. Lenguas mórbidas. Ojos tóxicos.

En la cafetería del hospital compró una Coca-Cola light. En la caja había una colección de libros infantiles en español y eligió uno para Tomás. Le gustaba comprarles libros en español para que afianzaran el idioma. A Rosa no le gustaba leer, prefería los deportes. Y la comida —era una niña de siete años con el apetito de un muchacho de dieciséis.

Camino a la habitación de Pablo examinó el libro (un niño soñaba que viajaba en su nave espacial y se perdía en un cruce de galaxias) y sospechó que debía estar pensado para regalarlo a los chicos que estaban internados. Quiso devolverlo, pero ya había entrado al ascensor. Marcó el piso. Apenas se abrió la puerta descubrió a Kelly J. a contraluz, mirando por la ventana. Además de la falda escocesa llevaba unas botitas militares y unas medias largas escarchadas, todo comprado con monedas en alguna venta de garaje. Eran las ocho y cuarto de la mañana de un sábado inusualmente frío. El viento golpeaba fuerte en las ventanas, como el aullido de un rockero al tímpano.

2

Para Pablo, todo había comenzado hacía un año. Un fin de semana en que Lucía y los niños se habían ido con los papás de ella a visitar un bosque de osos. Para esos viejos un oso era lo mismo que un dinosaurio, y estaban excitadísimos con el plan. A Pablo ni lo invitaron, Lucía dijo que no había lugar en el auto. El auto de sus suegros estaba estacionado en la vereda. Disponían de dos autos. Pablo decidió no señalar lo obvio.

No tenía ningún interés en ver osos.

Ni en pasar tiempo con sus suegros: unos señores adictos a las enchiladas y al Pepto Bismol, que expulsaban llamaradas en cada eructo y consideraban que cualquier ocasión era propicia para hablar de su gastritis. Gastritis era un lindo eufemismo para estómago supurado. El aliento de los viejos —ni hablar de los pedos— era capaz de fulminar a un batallón de anósmicos.

Cuando se despidió de los niños le pasó un tapabocas a cada uno por la ventanilla del auto, y ellos soltaron una carcajada. Porque en eso, y en todo lo que bordeaba la escatología, sus hijos tenían una conexión cósmica con él. Lucía se limitó a sacudir la cabeza y a lanzarle una mirada de reprobación por el espejo retrovisor. Los viejos celebraban las risas de los niños sin entender el chiste.

—¿Qué pasó? —decía la vieja.

Y Pablo, serio como un monje:

—Que ayer, por esta zona, se produjeron unos gases que hicieron estallar el último contador Geiger disponible en el Estado.

Rosa tosía como una convulsa. La vieja le palmeaba la espalda:

—¿Y es peligroso?

Y Lucía:

—Pablo, déjalo ahí.

Y Pablo:

—Puede llegar a producir pérdida inmediata de conciencia.

El viejo:

—¿Lucha, es seguro ir?

Los niños se reían tanto que parecían epilépticos.

—Yo diría que ustedes están inmunizados —dijo Pablo.

Lucía debió bajarse del auto a buscar agua para Rosa. Al final arrancó con un rugido que se apagó al doblar la esquina, y la cuadra quedó hundida en el silencio sórdido al que Pablo ya estaba acostumbrado.

A eso de las cinco recibió un mail de Gonzalo y Elisa —gonzaloyelisa@gmail.com— invitándolos a un asado. Vivían al lado, los veían con frecuencia, pero no eran tan cercanos. Coincidía con Gonzalo casi todos los días, cuando ambos sacaban la basura y la llevaban al contenedor que compartían a medio camino entre las casas. El otro contenedor, el de reciclaje, estaba un poco más lejos y hacían ese tramo juntos comentando alguna noticia relacionada, en general, con terrorismo. Hablaban de Isis, Boko Haram, Hezbolá y Farc, como si evaluaran el desempeño de equipos de fútbol. No recordaba cómo se había instalado ese tema entre ellos, pero les había rendido durante años. Para Pablo era funcional, porque evitaba tener que pasar por temas bochornosos como el hecho de que Gonzalo, algún tiempo atrás, hubiese clavado los dedos en los calzones de su hermana.

El mail decía que unos amigos argentinos estaban de paso y habían organizado una reunión para entretenerlos.

Los esperaban a las ocho y ofrecían, como otras veces, la cama de su hijo Dany para que Tomás y Rosa se echaran a dormir cuando quisieran. Cuando eso ocurría, Dany —que estaba por cumplir catorce y no soportaba estar cerca de niños de apenas seis— se recluía en el altillo de la casa, donde tenían un proyector conectado a una *laptop* con cientos de videos y películas. Gonzalo decía que Dany quería ser director de cine. Dany, ante ese o cualquier otro comentario de Gonzalo, no decía nada. Lo miraba con una mueca de desprecio que, de sólo atestiguarla, te ardía en la piel como un latigazo. Si Dany fuera hijo suyo, habían comentado Pablo y Lucía alguna vez, esa mueca habría sido reprimida al primer amague. ¿Cómo? Tenían posiciones encontradas. Ambos arrancaban con una conversación afectuosa, pero en el camino las elecciones se bifurcaban. Lucía terminaba con el chico en el consultorio de un afamado psicoanalista neoyorkino. Pablo terminaba con el chico —inconsciente— en la UCI del Yale New Haven Hospital.

Contestó el mail: «Gracias, ¡gran plan!».

Y decidió no aclarar que estaba solo. Decidió que les daría la sorpresa porque, pensó, para sus vecinos sería un alivio verlo llegar sin la prole que, mal que bien, requería un esfuerzo de producción adicional. Se dio una ducha. Y al cabo de un rato se sorprendió a sí mismo contento, afeitándose frente al espejo. Había ido a bastantes asados en la casa de Gonzalo y Elisa, y nunca le pareció un acontecimiento muy alegre. Quizá porque Gonzalo era argentino y siempre comparaba los asados gringos con los de su país: se embarcaba en disquisiciones espesas sobre la vaca de *feedlot* y la de pastura, o el vino de Napa y el de Mendoza. Y tenía todo de una melancolía insoportable. Además, los niños se fastidiaban muy rápido y tocaba armarles el campamento en el cuarto de Dany —tan amable y bien dispuesto como una rata muerta— y convencerlos de compartir el único iPad que había en esa casa, lo que en general venía con llantos y arañazos. A Lucía le parecía de mal gusto llevarles sus aparatitos —«… van a pensar que los enchufamos a esa cosa para desentendernos», y era así, pensaba Pablo, tal cual—, pero no le parecía de mal gusto que secuestraran el ajeno. De todas formas, lo más probable era que la incomodidad de Pablo se debiera a que Gonzalo, desembarazado de las bolsas de basura y de su compañía, se dedicaba exclusivamente a hablar con Lucía y monopolizaban la conversación. Ambos compartían ese código nerdo, frívolo y cerrado de latinos pretenciosos, becarios de las Ivy Leagues. No tenían que haber ganado becas importantes, bastaba una estadía de seis meses en una de esas universidades para calzarse el escudo mustio. El caso es que a él le tocaba lidiar con la vacuidad de Elisa, sus quejas constantes sobre Estados Unidos —la ignorancia, la obesidad, el consumo, las armas—, con las que Pablo coincidiría (de hecho, debió haber sido él quien diera pie a la primera conversación) si no viniesen de una rubia tensa y limitada, con tan pocos argumentos como grasa en el culo.

—¿Viniste solo? —le abrió Elisa. Lo esquivó y sacó medio cuerpo por la puerta de la casa, buscando a los demás.

—Traje un vino —dijo Pablo, extendiéndole la botella.

—Sigue —dijo ella, y avanzó con pasos apurados—, están todos atrás.

A las ocho de la mañana llamó Lucía.

Los osos no habían querido salir.

Ella no sabía por qué: realmente, el comportamiento de los osos no era un tema que hubiese estudiado a fondo, dijo. Se la oía amarga.

—*Okey* —dijo Pablo. Él tenía dolor de cabeza y el pulso acelerado.

Lucía dijo que los niños se habían hecho amigos de otros niños que visitaban el parque y todos habían bajado a sus iPads una aplicación de *walkie-talkies* que los mantenía entretenidos. Los abuelos se habían refugiado en el comedor del hotel.

—Qué bien.

A Pablo le costó imaginar las conversaciones de sus hijos con otros niños. En la casa no solían hablar mucho de nada.

El bufé, decía ahora Lucía sin mucha convicción, parecía bastante sano. Por la tarde participarían en otra excursión, a ver si tenían más suerte.

—Seguro que sí —dijo Pablo.

Lucía se quedó callada.

Pablo estuvo a punto de contarle del asado.

—¿Y tú qué hiciste? —dijo ella.

Él sintió la boca pastosa.

—Nada —bostezó.

—Ya.

Lucía era, con gran diferencia, la persona más inteligente que él conocía. Antes de parir era la persona más inteligente y más bondadosa que él conocía, y ahí estaba su falla, pero él no la vio, o no quiso verla: nadie podía ser las dos cosas en grado superlativo. La experiencia abundaba en casos de villanos brillantes y santos bobos.

—Voy a bañarme —dijo ella.

Después de parir, Lucía expulsó toda esa falsa bondad con la placenta y le quedó una cabeza llena de saberes que, por fuera del Yale World Fellows Program, no interesaban a nadie.

—¿Puedo hablar con los niños? —dijo Pablo.

—No están ahora, les digo que te llamen.

—*Okey*.

Colgaron.

Se levantó de la cama. Vio que toda su ropa estaba desperdigada por la alfombra, incluso los calzoncillos. Caminó hacia el baño, abrió la ducha y se miró al espejo. Lo primero que descubrió fue una marca en el cuello. Era de un color violeta encendido, como un hematoma antiguo, sólo que no era antiguo. Tampoco era un hematoma. Lo segundo fue un mordisco en el pezón. Buscó el botiquín, mojó un algodón en agua oxigenada y se lo pasó por la herida. Después se duchó. Después se embadurnó en la crema humectante de Lucía y se envolvió el cuello con una bufanda.

Cuando iba bajando le pareció que olía a café. Tragó saliva. Si le hubiese contado a Lucía del asado, el resto de la noche ya estaría cubierto. Lo tercero que descubrió fue una nota en el mesón, debajo de un mug de Snoopy. El dibujo de una flecha señalaba la cafetera, luego decía: «Para la resaca, profe. KJ».

3

Adentro, un caldo humeante sobre la mesa.

Afuera, la piscina inflable derretida sobre el césped.

—Qué maravilla ese mercado, hasta papa criolla encontré —su tía Lety vino a acompañarlo. Tiene su taza de caldo hirviente en la mano y le da sorbos próvidos sin hacer una mueca.

Ayer Pablo tuvo una recaída que atribuyó al pedacito de alambre en su arteria. Dolor en el pecho, falta de aire, sudoración excesiva. «Ataque de pánico», sentenció Lety por teléfono: «te digo que volvieron».

«¿Y adónde se habían ido?», habría dicho Lucía.

Ayer a la madrugada, el motor encendido de un auto en la vereda lo despertó: se asomó por la ventana y vio a Lucía embarcando a los niños en un taxi. El chofer guardó los bolsos en el baúl. Cuatro bolsos. Pablo no pudo volver a dormirse, se sentó en la cama y esperó a que amaneciera; y ahí, con los primeros rayos de sol, empezó el dolor. Entonces llamó a Lety. «No es un ataque de pánico», le dijo Pablo, estaba seguro. «¿Por qué?», insistió ella: «Si son de lo más comunes ahora». Porque habían pasado pocos días desde su operación —diez, once, no recordaba bien— y era más probable que tuviera que ver con el hecho de que casi había tenido un infarto. Unas cuatro horas después de la llamada, Lety se apareció en la puerta de su casa con un bolso que contenía algo de ropa y utensilios de cocina. Tablas para cortar, dos sartenes de acero, un set de cuchillos. Preparó un guiso con lo poco que encontró en la nevera y cenaron. No salieron a mirar los fuegos artificiales, porque se veían mejor en la televisión.

A la mañana siguiente, Lety se levantó temprano y se fue al mercado. Compró verduras, las cocinó en un caldo, lo coló y lo sirvió en dos tazas, una de las cuales reposa ahora frente a Pablo. Él no tiene hambre.

—… los productos en Port Chester no están a nivel —Lety ocupa el lugar de Tomás en la mesa del comedor.

—¿Cómo va el negocio? —pregunta Pablo. No porque le importe.

—¿Cómo va a ir? Como siempre.

—Ya, qué bueno —vuelve a la vista de afuera. La piscina tiene parches de barro seco en los costados.

Lety está negando con la cabeza. O espantando un bicho.

—Eso no es bueno.

Un par de días atrás Pablo sacó la piscina del garaje, la dejó en medio del jardín y le dijo a Rosa: «Mañana la inflamos». Rosa sugirió comprar una nueva, a lo que él contestó que no, que esa estaba perfecta: «veremos los cohetes del 4 de julio acá adentro, con el agua hasta el cuello y daiquiris sin alcohol». Rosa cambió el peso de una pierna a la otra. Y lo volvió a hacer. Cruzó los brazos y lo miró con la cabeza ladeada. «¿Qué pasa?», dijo Pablo. La luna estaba casi llena. Rosa le dio la espalda y entró a la casa.

Hace mucho que Pablo no ve a su tía Lety. Durante una época la veía todos los fines de semana: viajaba los viernes a Port Chester y volvía los lunes a New Haven donde, por entonces, hacía la maestría en Educación en la Universidad Estatal de Southern Connecticut. Lety le daba comida —rica, casera, caliente— y unos dólares para los extras; a cambio, Pablo la ayudaba en la lavandería: hacía los repartos del fin de semana. Los sábados a la noche se tomaba el tren de Port Chester a Nueva York, salía de la estación y daba un paseo que las primeras veces lo alucinaba —los edificios, las tiendas, los parques—. Con el tiempo le pareció más de lo mismo. Se aburría, le entraban ganas de dinamitarlo todo —los edificios, las tiendas, los parques—. Las últimas veces se iba directo a Times Square, se sentaba en un banco y absorbía toda esa saturación de luces y colores hasta que las pupilas le pedían descanso. Ahí volvía y se sentaba en un bar de la estación, mientras esperaba el tren de regreso a Port Chester.

—Se te va a enfriar —le dice Lety y señala su taza de caldo.

Pablo la agarra, se la lleva a los labios.

—Está riquísimo.

Lety asiente:

—Te va a hacer bien.

En realidad, Pablo había ido a ver a Lety hacía poco más de un año, durante esa última visita de sus suegros. Era un día feriado y Lucía había planeado llevarse a los niños y a los abuelos al museo de ciencias naturales. Programón. Rosa le rogó que la dejara quedarse con Pablo, pero Lucía ni lo consideró: «Ya compré las entradas». «¿No es gratis?», dijo Pablo, y ella lo partió en dos con la misma mirada que el cacique Moctezuma le propinaba a sus enemigos. Mientras ellos discutían, los abuelos estaban afuera, admirando los árboles con actitud de botánicos. Tomás estaba en la puerta, listo para irse: una abultada bufanda gris le rodeaba el cuello. Su disposición no se debía a que quisiera ir al museo, sino a su incapacidad para contradecir a su madre en nada. Pablo temía por el futuro de su hijo. Ambos eran niños extraños —bellos, avispados y extraños—, pero Rosa, a diferencia de Tomás, había incubado milagrosamente —en los ratos escasos que Lucía le aflojaba el cordón— una rebeldía fabulosa.

Lety levanta las tazas vacías y las lava. Saca un bol de hojas verdes de la nevera, otro de tomates y un frasco de vidrio con anchoas gordas que flotan en un líquido oscuro. Pone todo sobre el mesón. Agarra un cuchillo demasiado grande para la función que cumple: está cortando hojas

29

de lechuga. Pablo imagina a Lety tomando el tren con su bolso repleto de machetes, circulando entre los asientos con la mayor naturalidad.

El día que fue a visitarla, Lety estaba en el bingo. Después ella le reclamaría por no avisarle, pero él había querido darle la sorpresa. Estando en Port Chester decidió hacer el mismo recorrido que años atrás y tomó el tren hasta Nueva York. Cuando escuchó el anuncio metálico de las estaciones del tren —Mamaroneck, Larchmont, New Rochelle…—, sintió algo de nostalgia, y no tardó en alcanzar ese estado de levedad mántrica al que rara vez llegaba sobrio, a fuerza de repetirlas desde el principio cada vez que el tren paraba en la siguiente —Mamaroneck, Larchmont, New Rochelle, Pelham…—. Cuando llegó a Grand Central estaba grogui. Caminó hasta Times Square y se sentó en un banco a mirar pantallas. Un grupo de adolescentes se tomaba fotos con un holograma de Idris Elba. Al poco rato volvió a la estación, se sentó en un bar, pidió un café. Se sintió perdido y se sintió viejo. Un viejo infeliz. Podía echarse a llorar ahí mismo y nadie se voltearía a mirarlo. Podía no llegar esa noche a su casa y Lucía no lo notaría, hasta que tuviera la necesidad de hacerle un reproche a alguien. Sus hijos tardarían más. O a lo mejor se acostumbrarían a su ausencia antes de reparar en ella; se trasladarían por la casa esquivando el espacio que ya no ocuparía su cuerpo, pero que aún tendría volumen. Era probable que su invisibilidad también les estorbara.

—¿Profesor? —era la cara de una jovencita en primer plano.

—Hola —contestó Pablo, aunque no conseguía ubicarla. Tampoco conseguía distinguir si tenía doce años o veintitrés. Sus alumnos tenían la facultad de vaciarlo de criterio. De hacerle perder el entusiasmo por absolutamente todo. Y de convertir su mundo en un abismo. Ya ni siquiera debía mediar algún intercambio, le pasaba sólo con entrar a la clase y verse frente a esa masa blanda de adolescentes que le costaba individualizar; todos los días tenía que adivinar de quiénes eran esas caras sepultadas bajo el acné.

—Soy Kelly —dijo ella, con una sonrisa tan ancha que reveló la totalidad de sus dientes y lo hizo pensar en un cocodrilo.

Pablo enseñaba en una de esas secundarias que pretendían favorecer a la comunidad hispana. Todos los chicos hablaban español. Inglés también. Pero mal. Ambos idiomas, terriblemente mal.

La invitó a sentarse, le preguntó qué andaba haciendo por ahí, de dónde venía, y mientras ella apoyaba en la mesa su mochila rosa fosforescente y hablaba de un festival de hip hop en Williamsburg, él la ubicó en el salón de clases. Kelly se sentaba adelante, se vestía y se comportaba como una perrita en celo: «Profe, *may I...*», y en esa pausa cabía un «*suck your huge dick and swallow your sweet semen*». Pero nunca terminaba la frase, se arrepentía a la mitad y sacudía su cabecita portorra oxigenada: «*It's nothing*, profe, no es nada». Kelly no tenía acné, sólo varias generaciones de alienación barata amontonadas en el cerebro, como una pila apretada de *pancakes*.

Pablo suspiró:

—Kelly Jane.

Y ella soltó una risita aguda. Que no se llamaba así, le diría después, entre más risas. Pero a él no le importaría. De ahí en más le diría Kelly Jane. Porque así era más vulgar. Como ella —ojitos achinados, pómulos henchidos, bemba grande y colorada—, que era un monumento a la vulgaridad. Se sintió fascinado al descubrirla ahí, en la estación, lo que sólo podría explicarse tras la acumulación de fallidos condensados en esa tarde. El rato que siguió en compañía de Kelly Jane se sintió cómodo. No podía decir que ella le trasmitiera frescura y optimismo, en absoluto: era simple y llana comodidad. Como decir un asiento mullido. Como si sus ojos cansados, recién embebidos de estética *trash*, encontraran en la cara de esa chica una topografía en la que naturalmente consiguieran acoplarse.

—¿No comes? —Lety tiene ahora un camisón floreado.

Pablo se había dormido sobre la mesa del comedor, repleta de fuentes: ensalada de tomates rojísimos, anchoas brillantes, aceitunas negras, hojas verdes rotas, papas chorreadas, choricitos, chicharrón y yuca.

—Si como eso me estalla la arteria, tía.

El sol rebota en otro lugar del jardín y lo enceguece.

—Pero todo es de granja, ¿eh?

¿Qué hora sería? Pablo se sirve un poco de ensalada y escucha el timbre de la puerta. Lety rechista, se levanta de la mesa y va a abrir. Elisa. Es la voz de Elisa, pero no se entiende lo que dice. De Lety sólo oye un constante «ujum». La puerta se cierra. Ruega que Lety no haya dejado pasar a Elisa. No lo hizo, se aparece de vuelta en la cocina con una bandeja en la mano, tapada con papel de aluminio.

—Tu vecina dice que hizo bolas de fraile —Lety frunce la nariz como si algo oliera mal—. ¿Qué quiere decir eso?

—Déjalas por ahí.

Lety apoya la bandeja en el mesón, levanta un poco el papel y mira:

—Ah —suelta con displicencia—, son donuts.

4

Nadie sabe cuándo se formó el espolón de algas frente al mar. Amaneció y ya estaba ahí: un ciempiés gigante, húmedo y muerto. No es la primera vez que hay algas en la playa, pero es llamativa la cantidad que se juntó en una noche. Las algas llegan cuando hay viento y el mar se pica y las escupe. Se amontonan en la orilla, pero el carrito del condado pasa bien temprano y saca todo, no deja rastro. Y el carrito del condado pasó esa mañana en horario, sí, explica el empleado del hotel detrás de la recepción, pero el hombre que lo maniobraba no se sintió capaz de mover eso solo.

—¿Capaz? —Lucía lo interrumpe—. Son algas, no ántrax.

—Sí, señora —dice—, y ya las están sacando.

—Pero ahora hace mucho sol, nos perdimos las horas buenas.

El empleado la mira en silencio. Lucía sigue:

—Las horas que no dan cáncer.

El empleado saca un papel del mostrador, lo firma y se lo extiende:

—El hotel pide disculpas y, en compensación por la molestia, los invita a degustar el *brunch* del día de hoy.

—¿Comida? —Lucía está cruzada de brazos, no piensa tomar el *voucher*. Ni siquiera está enojada, sólo quiere dejar su opinión asentada: que ese hotel es de cuarta y que el tipo que la atiende es un insecto que zumba cosas sin sentido. Rosa se apoya contra su cadera y la hace perder estabilidad. Lucía la aparta y sigue:

—¿Le parece que puede compensarme con comida? —Rosa se apoya con más fuerza y Lucía vuelve a apartarla—. ¿Quién quiere comida?

—Yo quiero comida —dice Rosa.

Lucía se inclina y le presiona los labios con el dedo índice:

—Sh.

Rosa se queja: que le duele, dice. Y que tiene hambre.

Los niños están hartos. Querían ir al mar o a la piscina. Querían que viniera Cindy, pero Lucía no lo consideró necesario.

—El *brunch* es la especialidad de nuestro restaurante, no se van a arrepentir —dice el empleado, dirigiéndose descaradamente a Rosa. James López, dice el prendedor en su camisa. No consigue ubicar su acento en el mapa. Primero pensó que era costarricense. Después pensó que era caleño.

Lucía apoya los codos en el mostrador y se aprieta las sienes con las yemas de los dedos.

Se escucha el chirrido de unos frenos en la entrada del hotel, se da vuelta. Un negro de casi dos metros con la pierna enyesada se baja de un Mercedes, después lanza las llaves del auto contra el pecho del valet, un muchacho flaco al que le baila el gorro en la cabeza. El negro avanza hasta el *lobby* dando zancadas con sus muletas y pide el ascensor.

—Auch —se queja Lucía. Ahora Tomás le está mordiendo el muslo. Es algo que suele hacer para llamar su atención. «¿No está muy grande para hacer eso?», le dijo Pablo hace unos meses. «¿Hay una edad para hacer eso?», le contestó ella. Y él, cerrando ese diálogo y abriendo otro: «¿No son raros nuestros hijos?».

—Deme —Lucía le saca el *voucher* al tipo de la recepción y aclara que va a volver. Si en media hora no han sacado las algas, lo apunta con el dedo, va a volver.

Rosa tiene la boca llena de cubos de atún rojo, crudos y fríos.

—No puedes comer todo eso, te va a hacer daño —le dice Lucía.

Es improbable que le haga daño: están servidos en bandejas con hielo y cada tanto sale alguien de la cocina, con sombrero, guantes y delantal, para remplazarlas por bandejas nuevas con pescado fresco. Lucía los probó, están perfectos. Por eso no le insiste demasiado a Rosa, aunque preferiría que fuera más moderada. Ya se llenó el plato dos veces y lo vació como si fueran copos de maíz.

Tomás se sirvió lo mismo que ella: sopa fría de tomate. Está absorto en su libro desde que se levantó. «¿Ahora sí te gusta?», le preguntó hace un rato Lucía. Él negó con la cabeza: «Cada vez lo encuentro más deficiente». Tomás sabe palabras. Es un pequeño adulto. Y es tan parecido a ella que a veces se pregunta si no será una broma macabra, un experimento de su médico de fertilidad: implantémosle un clon a esta mujer, le diremos que es su hijo, pero en verdad será la copia exacta de su ADN. ¿Con qué fin? Información. La ciencia no necesita respuestas inmediatas, le basta con acumular información que, algún día, le dará sustento a una teoría.

—¿Y qué pasó con tu historia, Tomi? —le dice ahora Lucía. Rosa está en la mesa de los postres—. ¿Se acabó con el meteorito?

—No.

—¿Cómo sigue?

—Benjamín desintegrado viaja a través de la fibra óptica.

—¿Adónde viaja?

Tomás frunce el ceño y va a decir algo más, pero un mesero los interrumpe. Alarga un teléfono inalámbrico hacia ella y le anuncia que tiene una llamada.

La tía de Pablo le dice que está en su casa.

—¿Dónde?

Pablo está bien. Bueno, considerando las circunstancias: *bien*.

—¿Cuándo llegaste?

Que ahí lo dejó, en la cocina: medio cuerpo echado sobre la mesa del comedor, dormido como una criaturita. Ella se dio una ducha. Hace calor. Tomó prestadas unas chancletas no sabe de quién; en el apuro por salir de su casa se le quedaron las suyas.

«Ayer», le contesta, llegó ayer.

Pablo la llamó por teléfono. ¿Y hacía cuánto que no la llamaba por teléfono? Meses. Por eso pensó que, aunque no se lo pidiera directamente, estaría necesitando que le echara una mano. Cuando Pablo le dijo que ella y los niños no estaban se preocupó. Pero, bueno, ya estaba ella ahí para cuidarlo. Hizo una pausa que Lucía no llenó.

—¿Así que en Miami? —dice Lety—. Qué lindo, qué bien. ¿Mucho calor?

—No —dice Lucía.

El aire quema. Ha salido a la terraza del restaurante para hablar lejos de los niños.

Compró productos de granja, eso dice Lety. Le dejará la nevera con algunas cositas bien saludables.

—¿Qué pasó, Lucy? —le pregunta después. Y se escucha un grifo que se abre, agua que corre.

—¿Qué pasó de qué? —dice Lucía.

—Con Pablo —dice Lety—, un infarto es algo delicado.

—No fue un infarto.

—Ah, ¿no? ¿Y entonces qué fue?

—Un aviso.

Tras una pausa, Lety vuelve a hablar:

—¿Y por qué se fueron? ¿Por qué está solo?

El negro del Mercedes está sentado en una mesa grande con otra gente. Debe ser su familia. Son todos negros y llevan ropa deportiva de colores estrafalarios. Se toman fotos con los celulares y después se las muestran. Hay un bebé de meses que se pasan de brazo en brazo, vestido con un body azul eléctrico y letras plateadas en el pechito que dicen: *Number One.*

El calor la agota. Se sienta en una mesa vacía con cuatro asientos. Su reflejo en las puertas de vidrio la entristece: debería ir a taparse las canas a una peluquería. Cuando mira a otras mujeres de su edad las ve viejas, porque lo son. Pero rara vez se piensa a sí misma dentro de ese conjunto. Detrás de su reflejo, alcanza a ver a Tomás y a Rosa frente a un plato de cheesecake.

—¿Lucy? —insiste Lety.

Ella dice que tiene que colgar, que los niños están solos, y que mejor hable con Pablo, él le sabrá explicar. Corta sin despedirse. Se levanta y se apoya en el balcón. Abajo está la piscina. El matrimonio ruso toma el sol en una tumbona de mimbre tamaño familiar. Ella: bikini rosado con piedras incrustadas; él: zunga negra con pequeñísimos lunares de espejo. Sus tres hijos rubios están chapoteando en el agua con la que debe ser su abuela materna —es la misma cara de ella, pero caída: un viento la sopló fuerte desde arriba. La playa está limpia. El cielo también. Ningún alga, ninguna nube. Sombrillas y sillas alineadas frente al mar.

5

La noche del asado de Gonzalo y Elisa, Pablo destapó un conducto taponado. Así era como podía explicárselo a sí mismo y, si le diera una oportunidad, a Lucía. Los argentinos llevaron litros de vino, cocaína y unas ganas de juerga de las que no tenía memoria. Gonzalo y Elisa eran más bien aburridos; sus asados solían ser magros y apacibles, y el vino, escaso. Elisa se cuidaba mucho, daba clases de yoga. Lucía fue a sus clases por un tiempo que le alcanzó, estrictamente, para aprender a elevar sus pulsaciones con técnicas de respiración —«… te limpia por dentro, te saca las toxinas, te sana»— y para madurar su desprecio hacia ese entorno que consideraba «infradotado y sucio». Se quejaba de las patas al aire y del olor de los gases que llenaban el salón, una mezcla de vegetales y legumbres. «No se escapan los gases», le decía a Pablo, «uno los expulsa o los contiene; pero ella los alienta a que los expulsen con un verso flojo sobre la distensión que, para algunos, significa lo mismo que cagarse encima». Elisa le parecía, sencillamente, una ameba. Y una puerca.

Durante el tiempo que Lucía fue a su clase, a Pablo le pareció que se había obsesionado un poco. «¿Cómo te imaginas que tiran esos dos?», le preguntó un día, mientras miraban televisión en la cama. Pablo contestó que del modo convencional: él arriba, ella abajo y siempre por delante. No se imaginaba las nalgas flacas de Elisa alojando elementos con volumen. Lucía le dijo: «Yo a veces imagino que Gonzalo se mete a Elisa entera por el culo y ella asciende por su intestino, nadando veloz, y se empasta de mierda y le sale por la boca, disparada, como un hueso atascado en el esófago». Después apoyó la cabeza en la almohada y se puso a mordisquear un chupo viejo de los niños que encontró entre el borde de la cama y la pared.

La noche del asado, Pablo vio a Elisa inclinarse sobre una mesa para aspirar coca repetidamente. En una de esas, un tipo le sostuvo el pelo rubio con las manos. Elisa se había puesto un vestido azul de una tela sintética que se le pegaba al cuerpo. Así, inclinada como estaba, se le marcaba la tanga; el tipo que le agarraba el pelo tenía la bragueta demasiado cerca de su mejilla y cada tanto la rozaba, aunque ninguno de los dos parecía darse cuenta.

Pablo permanecía en un rincón del patio, cerca de la parrilla donde todavía había trozos de carne y unos chorizos que habían traído los invitados. Había tomado mucho vino, la cocaína no le gustaba. Cerraba los ojos y trataba de concentrarse en un punto que no se moviera. Pensaba en su novela, en la isla que se hundía de a poco en aguas negras, en los bichos que nacían y vivían ahí dentro: tenían garras para fijarse a las raíces de los mangles y evitar hundirse en el fango; la piel era una costra fosforescente que de día les permitía camuflarse entre las plantas, pero de noche los hacía brillar como bolas de fuego en el fondo del pantano. El villano: un hombre rico y poderoso que quería arrasar con todo lo que había en la isla —incluidos los isleños— para construir un gran hotel. El héroe: un profesor de Biología de origen humilde, que vivía hacía años en el extranjero. El vínculo entre ellos: habían sido compañeros de colegio y, ahora, el hombre rico y poderoso decidía contratar a su viejo amigo para que diseñara una estrategia ecologista que le permitiera construir su hotel; el profesor iba, estudiaba el terreno y descubría que no había estrategia posible. En medio de su exploración se reencontraba con su tierra, con su origen. Se enamoraba de la naturaleza del lugar y de la mujer del villano. Y bla, bla, bla.

«Ambiguo y cursi», la voz implacable de Lucía le retumbaba en la cabeza.

40

—¿Así que sos sanito?

Pablo descubrió a Elisa sentada a su lado. Tenía el pelo revuelto y transpirado. Había perdido las sandalias.

—¿Por qué lo dices? —Pablo se incorporó en el asiento, se había ido cayendo hasta quedar semiacostado y ahora le dolía la cintura.

Unas puertas corredizas separaban la casa del jardín. A través de esas puertas Pablo veía a los argentinos bailando en la sala de la casa, agitando los brazos de un modo tosco y arrabalero.

—Gonzalo se fue a dormir. —Elisa prendió un cigarrillo. Jamás la había visto fumar—. A él tampoco le gusta la merca.

Los tipos daban saltos y cantaban: «¡Y una lanza, en la panza!».

La fiesta se había convertido en una de esas formas vergonzosas que Lucía atribuía a la patria.

«El desarraigo te será funcional en términos retóricos», le dijo un día Pablo —intentando imitar ese lenguaje de mujercita *clean* y sobreeducada que ella, a su vez, también impostaba—, «pero un día te vas a dar cuenta de que un hombre sin raíces es un hombre muerto». No recordaba qué le había contestado Lucía. Algo enroscado y venenoso. Algo sobre la cercanía de su razonamiento con un verso de Ismael Bermúdez.

Pablo pensó en su familia asediada por osos y lo sacudió un temblor en el vientre. Elisa había apoyado la mano en su entrepierna. Se volteó a mirarla. Tenía los ojos manchados de maquillaje, cuestión que encontró sexy. ¿Le gustaba Elisa? Menos que poco. ¿Estaba caliente? No hasta el momento. ¿Cómo fue entonces que terminó tirándosela de ese modo tan salvaje, en el último rincón del jardín, detrás de esa parrilla de ladrillos que se habían hecho construir en vez de comprarse una en Ikea, como todo el mundo? Se lamieron, se mordieron, se chuparon hasta el cuero cabelludo. Antes de salir aceptó tomar una raya de coca que lo puso en pie. Hasta la puerta. Cuando pisó la acera se sintió abatido; desde ahí se volteó a mirar las ventanas de los cuartos de arriba temiendo encontrarse con Gonzalo, apuntándole con el dedo. O con una escopeta. No había nadie. Dio unos cuantos pasos en dirección a su casa y se tropezó con algo. Cayó al piso. Se levantó, trastabilló de vuelta y se apoyó en la rodilla derecha. Un auto frenó a su lado. ¿Era de día? Casi. Se bajaron un chico y una chica. Lo alzaron por los sobacos y lo arrastraron hasta la puerta de su casa.

—¿Me da la llave, profe? —Pablo entregó sus llaves a una mano que se abrió delante de sus ojos.

—Dejémoslo acá, *baby* —dijo el chico. Lo habían entrado hasta el pie de las escaleras que subían a los cuartos. La chica dijo «*okey*».

—¿Vamos? —insistió el chico, impaciente.

La chica dijo que sí, que ya iba, y se adentró en la casa:

—Déjame hacerle un *coffee*.

—¿Estás loca?

—Es bueno —dijo ella, mientras movía trastos en la cocina—, pero está muy solo.

—Te espero afuera —el chico salió.

Pablo reptó escaleras arriba, empujó la puerta de su cuarto, se sacó la ropa y se metió debajo de la colcha.

La siguiente vez que vio a Kelly Jane fue en el salón de clases. Pablo le pidió que se quedara al final y le dio las gracias por haberlo socorrido. Habían sido encuentros muy afortunados, le dijo: primero en la estación, luego en su vecindario.

—*It's nothing*, profe —le dijo y manoteó el aire.

—Agradécele también a tu novio de mi parte.

—No es mi novio.

—Ah, ¿no?

—Cero —le sonrió con esa parva de dientes amarillos, que hacían juego con la tintura de su pelo.

42

Pablo la invitó a tomar algo en un bar que estaba más o menos cerca, quería saber su opinión sobre una novela que estaba empezando a escribir, le dijo. Y que tenía pocos capítulos desarrollados, pero a lo mejor, justamente, en esa fase su opinión le servía.

—¿Novela sobre qué, profe? —ladeó la cara en un semiperfil que intentaba ser intrigante.

Pablo repasó temas en la mente:

Sobre la supervivencia.

Sobre la patria lejana.

Sobre la angustia de estar consumiéndose en ese edificio apestado de *minorities*.

Alzó los hombros:

—Sobre el amor.

Kelly Jane se enroscó un mechón en el dedo y asintió.

6

El sol está manso como un cachorro. Rosa y Tomás juegan a enterrarse en la arena; antes cavaron dos pozos profundos y ahora están adentro, sentados, atrayendo hacia ellos la montaña que resultó de la excavación. Están separados por una franja compacta, una muralla. La arena les llega hasta el pecho, quieren que les llegue hasta el cuello. Lucía los mira desde la tumbona, le intranquiliza ese juego. Un chico del hotel, camiseta naranja y bermudas blancas, pide permiso y se lleva la sombrilla. Le dice que cuando esté lista vendrá por la tumbona.

El sonido de las olas satura el aire.

Queda poca gente en la playa. Hasta hace poco estaba rodeada de sillas blancas ocupadas por personas que se enjugaban el cuerpo con toallas anaranjadas. Ahora esas toallas están apiladas al fondo, donde termina la arena y empieza el monte, en una torre más alta que el empleado que las recoge.

El chico del hotel vuelve y se queda parado a su lado, dos pasos atrás. Una rara muestra de respeto que sólo consigue perturbarla. Lucía se levanta.

—Toda tuya —dice. Y camina hacia sus hijos, pequeñas cabezas de jíbaro asomadas a la superficie.

—¿Te gusta? —la cabeza de Tomás le habla. Ella niega:

—No. No me gusta nada, salgan de ahí.

—No podemos —dice Rosa—, tenemos los brazos enterrados.

Lucía busca la pala, se agacha y cava.

En el bar de la piscina hay atomizadores que los rocían con agua fría, como a las frutas y verduras del supermercado. Están enganchados del techo, no descubre cómo. Cada vez que se activan siente las pequeñas gotas frías sobre los hombros, como una capa suave y húmeda. Rosa está sentada en el borde de la piscina, piernas en el agua, hablando con una niña un poco más chica que ella. Le dice que es venezolana, pero viven en Houston. Su papá es comerciante, su mamá es su mamá. «¿Por qué los venezolanos no viven en Venezuela?», le preguntará Rosa después, a la noche, antes de dormirse. Lucía pensará en sus amigas de esos casi tres años que vivió en Caracas cuando era niña. Imaginará que alguna, o todas, viven ahí mismo, en la Florida —el destino natural para una caraqueña de clase media por esos años—. Recordará a dos, Isabel y Olga, flotando en colchones inflables en la piscina del club, sorbiendo malteadas de fresa. Y ese recuerdo durará dos, tres segundos. Después pasará a otra cosa. A Bogotá. A la finca de su abuela materna en la montaña, donde la cuidaba cuando tenía la edad de Rosa y su papá se la pasaba viajando, vendiendo tubos para la industria petrolera. Su mamá lo acompañaba: la maleta llena de vestidos para cocteles. Lucía siempre la imaginó sobrevestida, en las sociales de esa empresa ínfima —su papá, uno entre cuatro socios, usaba el eufemismo «en expansión»— que pedía a gritos ser absorbida por una multinacional. Cuando eso ocurrió pasaron de Bogotá a Caracas y de Caracas a México. De La Calera a La Castellana y a Coyoacán. La trasplantaron como un árbol, varias veces, sin darle tiempo de enraizarse.

Tomás le dice que tiene sed. Recién lo descubre a su lado, sentado en una banqueta, abrazado al libro que ella había guardado en su bolso. Pide limonada para él, margarita para ella. Tomás se toma la limonada con largos buches y al final suspira.

—¿Estás aburrido? —pregunta Lucía. Él niega enérgicamente con la cabeza—. ¿Quieres ir con Rosa y su amiga?
—Tomás repite el movimiento.

46

—No me gustan los venezolanos.

Lucía le acaricia el pelo.

Cuando los niños le preguntan de dónde es ella, Lucía dice: «De acá, de nuestra casa». Y ellos examinan el entorno, como buscando alguna singularidad. Pero su casa es prácticamente igual a todas las casas de la cuadra.

Se desocupa una cama con toldo. Hay ocho camas con toldo rodeando la piscina. Madera y mimbre.

Lucía la señala:

—¿Quieres que vayamos para allá?

Tomás asiente y se mudan a la cama. Lucía se echa bocarriba y él se hace un bollo a su lado: bajo su brazo, contra su cintura, y la abraza.

—¿Dónde está ahora Benjamín, Tomi?

—Navegando en internet.

—¡Mamá! —Rosa la despierta de un sacudón. Luego otro—: ¡Lucía!

Su cara está roja. El cielo también. No queda nadie en la piscina.

—¿Lucía? —dice Lucía, incorporándose. Le parece que nunca la llamó así. Tomás se gira y sigue durmiendo bocabajo.

—Por favor, por favor —dice Rosa. El pelo electrizado. El bikini seco en el cuerpo—, por favor —repite.

—¿Qué quieres? —Lucía se impacienta. Espanta un bostezo. Siente el sueño, como una telaraña enmarañada, nublándole la vista.

—¡Una foto! —dice Rosa. Está fuera de sí.

Se pregunta cuánto tiempo durmió. Cómo pudo dormirse y perderla de vista. La toma por los hombros, le peina los pelos con la mano. Busca su ropa en el bolso:

—¿Te vistes, linda? ¿Te visto?

Tomás se levanta, se despereza:

—Tengo sed.

Rosa, con la blusa a medio poner, mira a su alrededor, busca a alguien. Lucía le acomoda la blusa. Después se agacha, le levanta un pie y lo mete en el *short*, luego el otro; se lo sube y se lo abrocha.

—Se fue —dice Rosa, despacio y triste.

—¿Quién se fue? —Lucía está de pie, el bolso en el hombro, Tomás a su lado.

—*Deivid* —dice, exagerando la pronunciación.

Esa noche, después de que todos están bañados y comidos, Lucía se conecta a Skype y llama a Pablo para que los niños lo saluden. Cuesta sacarles frases largas a los niños, pero le cuentan, como pueden, de las algas, del *brunch*, de sus cuerpos enterrados en la arena. Después empiezan a bostezar y Lucía los manda a su cuarto de camas gemelas, que Cindy ha decorado con peluches de otra vida.

—Están fundidos —dice ella. Está sentada en la mesa. La puerta del balcón está abierta, se escucha el sonido de las olas. Pablo tiene puesta la misma bata con la que lo dejó. Se pregunta si se habrá bañado. Él está en el estudio, de espaldas a la pared donde cuelga una foto de los cuatro a la salida de un parque de diversiones al que fueron hace tiempo, en un pueblo de granjeros cerca de New Haven. Todos empuñan algodones de azúcar. Fue un día feliz, o eso insinúa la foto. En realidad debió ser difícil y aparatoso, lleno de discusiones irritantes sobre si los juegos eran o no apropiados para la edad de los niños, o si no habían comido ya demasiada azúcar. Ahora recuerda ramalazos de ese paseo: familias obesas engullendo con la mano un pernil laqueado, ancianos arrastrando a otros ancianos en sus sillas de ruedas con sus pases de privilegio para acceder a los juegos sin hacer fila. Y señoras reposteras que vendían tartas y almíbares caseros en puestos de feria, mientras sus hijos correteaban excitados y se llevaban por delante a medio mundo.

Afuera se escucha la televisión: una telenovela colombiana, le parece.

—Está Lety —dice Pablo.

—Ya sé.

—Ah, ¿sí?

Silencio.

Llevan diecinueve años juntos.

Lo raro no son las infidelidades, piensa Lucía; ella también cometió algunas —más discretas, más holgadas, nada que pusiera en riesgo el corazón de nadie—. Lo verdaderamente raro es mirar al otro y preguntarse quién es, qué hace ahí, en qué momento le cambiaron tanto los rasgos de la cara. El desconocimiento es el saldo del tiempo acumulado, nadie puede decir con exactitud cuándo se planta la semilla. Empieza como un síntoma de desinterés, algo minúsculo que después se naturaliza y ambos dejan de preguntarse cómo es que siguen ahí, adobando la abulia frente al otro, asintiendo a lo que dice como un trámite: excediendo el período en el que aquello que decía te parecía interesante. O digno de ser escuchado.

Hacía mucho que su relación estaba mal, pero hacía mucho, también, que había dejado de pensar en que debía hacer algo al respecto. A veces se sorprendía a sí misma delante de otros, encomiando el tiempo que había durado su relación con Pablo. Le tomaba la mano a él, miraba a los demás con suficiencia y decía cosas horribles como: «Con nuestras diferencias, hemos conseguido llegar hasta acá». ¿Esperaba un trofeo por eso?

Piensa en Franco. Unos nueve, diez años atrás.

Franco simulaba atención absoluta cuando Lucía hablaba. Pero ella podía darse cuenta, por los gestos mudos de su cara, que el pobre chico debía adivinar el significado de las palabras que salían de su boca.

Franco fue nada, pero le gusta recordarlo, especialmente ahora.

Un pasante que le ordenaba los papeles y le traía el café. Ella se había ofrecido a editar una publicación interna del programa de la beca; era un trabajo dispendioso y aburrido por el que le pagaban una miseria, y que consistía en perseguir a los colaboradores para que cumplieran con sus *deadlines*. A veces también tenía que moderar un foro virtual que proponía la revista en cada número; en general eran temas vinculados con la comunidad hispana en Estados Unidos, y buena parte de los participantes eran inmigrantes resentidos y violentos que contestaban a sus preguntas disparadoras con frases como: «¡Mamita, muéstrame las nalgas!». Su única ayuda era Franco, lo mismo que nada. Había decidido sacárselo de encima, asignándole tareas inútiles que lo alejaran de su cubículo —donde el chico se sentaba en silencio a verla trabajar—, hasta el día que se paró detrás de ella y le tocó las cervicales: «Estás estresada», dijo. Qué novedad, pensó ella. Pero en lugar de enojarse se concentró en las yemas tibias de sus dedos presionándole la nuca delicadamente. Se levantó de la silla, se dio vuelta y se alarmó con lo que encontró en los ojos de Franco. Hambre. Un chico joven, de pelo tupido y dientes blanquísimos. ¿Hambre? Algo no estaba bien, pero no le importó. Se vio a sí misma, como desdoblada, y casi no se reconoció: le habían corrido un velo y ahora revelaba algo demasiado íntimo y morboso. Cicatrices, pensaba, mientras metía la lengua en la boca del pasante. Un muñón.

Rosa vuelve arrastrando las pantuflas.

Lucía agradece la irrupción que corta el silencio penoso y la distrae de sus pensamientos.

Rosa le cuenta a Pablo quién está alojado en el hotel.

—¿David Rodríguez? —contesta él, fingiendo la misma emoción de su hija—, ¿no estaba lesionado?

Rosa asiente:

—Tiene muletas.

—Qué verraquera —dice Pablo—, no dejes de tomarte una foto con él, nena, por favor.

Rosa vuelve a la cama, sonriente.

Lucía ensaya qué cosas decir y descarta todo por inútil.

Recuerda a Pablo llorando, negando hasta sus propias versiones. Demasiado asustado como para levantar mucho la vista. Lo ve agachado en la habitación con el pito colgando como un badajo. Oscuro, rugoso. Todo sórdido.

Pablo se recuesta en la silla, estira la boca en una sonrisa resignada y fugaz. ¿Cuánto pueden durar examinándose el uno al otro en la pantalla?

A veces, piensa Lucía, él es una obviedad tristísima.

Y a veces es un baúl con candado.

La bata tiene una mancha que parece de aceite. La barba rala le cubre la cara como gamuza. Los ojos miran la pantalla de un modo que a ella le recuerda una foto de prisioneros en Pakistán: apretados unos contra los otros, aferrados a los barrotes de las celdas con sus dedos sin uñas. La vio en una muestra, hace años.

7

—¿Pero por qué vuelve el profesor? Eso no se entiende.

La noche anterior Pablo le dio a Lety el borrador de su novela. Le dijo: «Lee esto y dime qué piensas». La cara de Lety indicó que le habían conferido una tarea de suma importancia. No vio su telenovela, sino que abrazó el manuscrito y se retiró a su habitación después de la comida.

—... tampoco se entiende que el otro lo llame. La verdad, después de treinta años uno se olvida de la gente.

Ahora desayunan.

Ella desayuna. Tostadas de pan con semillas, café orgánico con leche de soya, omelette de queso de cabra, hojas verdes y una salchicha hervida. Gris, es la salchicha.

—¿Te gustó o no? —Pablo se toma su pastilla anticoagulante con un exprimido de naranja.

—Yo la vez que fui a Montería —dice Lety—, fue como si aterrizara en un pueblo de marcianos.

—¿Pero te gustó?

—¿Volver a Montería?

—La novela, tía —quiere zanjar el asunto. Ahora piensa que fue una pésima idea dársela a leer.

—Ah, sí, pero es que hay cosas que no se entienden.

—Si se entendieran mejor, ¿te gustaría?

Lety frunce el ceño:

—¿Tú quieres volver, Pablito? ¿Es eso lo que te pasa?

—No, Lety, es una novela.

—Tu mamá estaba muy orgullosa de que vinieras a estudiar acá. Tus hermanas no tuvieron esa oportunidad.

Hace mucho que no piensa en sus hermanas.

—¿Pero no te parece que un tipo así querría ir a ayudar?

Lety se limpia la boca con la servilleta:

—¿Ayudar a qué?

Pablo hace silencio. A veces le parece que es otro el que habla por su boca. Ese otro, también, es el que escribe.

—No sé.

Lety se levanta y busca un bol de frutas cortadas en cubitos. Encima: una capa de almendras tajadas. El cardiólogo le recomendó almendras.

Desde que volvió del hospital, Pablo salió de la casa una sola vez, al consultorio del cardiólogo. Lo acompañó Lucía, pero no le habló en todo el trayecto.

Ahora está echado en el sillón de la sala, mirando el techo. Debería bañarse. Lety salió a hacer unas compras. No se imagina qué más puede comprar: la nevera está repleta. Tetra Paks amontonados, frutas lustrosas apretadas en el cajón y muchos *tuppers* con sobras. También compró productos de limpieza y se pasó una hora fregando el baño de los niños. El mesón es un despliegue de ollas relucientes exhibidas sobre trapos. No usa el lavavajillas, prefiere lavar a mano. Y como el escurridero de platos es chico —rara vez se usa porque Lucía, en cambio, es adicta al lavavajillas—, aparecen trastos secándose en cada rincón libre de la cocina. Ver la cantidad de trastos que tienen —viejos, pero casi sin usar— lo hace pensar en el tiempo que lleva con Lucía. Eso tienen, aparte de hijos y ollas: asentamientos de tiempo muerto que ninguno se ha dignado a remover.

Le duele el pecho. El médico le advirtió que podía tener dolores, y si no venían acompañados de un aumento considerable del ritmo cardíaco, no debía prestarles mucha atención. Imagina su corazón bombeando desganado. Luego imagina su corazón bombeando eufórico, como la noche que subió a la cama elástica en la fiesta de su alumna y la frecuencia de sus palpitaciones lo hicieron pensar que se había tragado un cronómetro militar. Después de eso, sólo recordaba la cara del cardiólogo. A su lado, un poco más atrás, estaba la enfermera. «¿El corazón?» —Pablo no entendía lo que le explicaba el doctor—, «¿qué le pasa a mi corazón?». Entonces escuchó a Lucía, desde el otro costado: «Que está de vacaciones». Lo dijo en el tono de quien anuncia una obviedad: «Tienes el corazón de vacaciones». ¿Era un chiste? Ella no se reía. Nadie se reía.

Suena el teléfono. No contesta. Después suena su celular, apoyado en la mesa baja de la sala. Alcanza a ver el nombre de Elisa y el dolor se agudiza. Apaga el teléfono, no quiere hablar con nadie. Probablemente se quede ahí, en ese sillón, el resto del día.

* * * *

El problema eran los niños, eso le había dicho Pablo al terapeuta.

Cinco años atrás, Lucía le había hecho pagar una sesión carísima.

O no eran los niños, se corrigió, sino la relación que su mujer mantenía con ellos; había estado tan obsesionada con ser madre que, ya en la fantasía, se figuró a sus hijos como miembros de su cuerpo. Después de parirlos, se convirtió en una persona con dos apéndices cada vez más pesados que no terminaban de hacerla feliz ni tampoco desdichada. Pablo recordaba haberla espiado algunas veces, mientras jugaba con ellos en el cuarto; o en la cocina, mientras les daba de comer esa mezcla espesa de verduras con un gesto de impaciencia reprimida. La espiaba con la intención de descubrir si ella se habría arrepentido de tenerlos. Era probable, pero tenía la decencia y, sobre todo, la piedad de no haberlo dicho nunca.

Habían podido atravesar los años de duda: A) Lucía no sabía si quería ser madre; B) Lucía no quería ser madre; C) Lucía sí quería, pero también quería ser otras cosas y no se podía ser todo, ¿o sí?

Cuando por fin se decidió hubo muchos intentos fallidos, y un día se vieron cansados, casi viejos, obstinados en algo que, en principio, nadie había pedido.

Para esa época Lucía había empezado a escribir en la revista *Elle*. Su columna salía en todas las ediciones de Latinoamérica. Un día recibió un mail de una paraguaya que decía pertenecer a la familia de los Ayoreo: «... sus escritos son la constelación donde todas queremos encontrarnos». Y eso la hizo sentirse una especie de emblema de mujeres tercermundistas. La columna era una mezcla de frivolidades femeninas con un poco de teoría de género, lo cual aplacaba su conciencia comprometida —temerosa— con la mirada de sus colegas de Yale, quienes de todas formas no debían leer ese tipo de revistas. «¿Qué me hiciste, Betty Draper?» fue una columna en la que confesó su vocación anestesiada de madre y de ama de casa, y su frustración —«vibrante y dolorosa, como una lesión muscular»— por no haberlo conseguido. «Hay cosas que elijo bien: las carteras, los duraznos; y otras que elijo mal: los maridos». Esa era una de las confesiones que hacía y luego se explayaba en un argumento que lo dejaba a él como un macho débil que no supo plantarse y exigirle que hiciera con ese vientre «algo más que danza árabe». Su escritura —sobre todo después del mail de la paraguaya— había escalado niveles importantes del melodrama. Aun así, a Pablo le pegó hondo y le pareció el *summum* de la injusticia. Él siempre trató con pinzas el tema de los hijos porque no quería presionarla, porque pensaba que era una decisión más de ella que de él y quería mostrarse solidario y comprensivo. «Escribo lo que mis lectoras quieren oír», se defendió Lucía. Y que nadie quería saber de maridos solidarios y comprensivos que hicieran más patente el hecho de que el propio era una porquería.

Entonces llegaron los hijos.

Pero llegaron sin llegar, en una nube de conceptos y elecciones caprichosas. 1) Lucía quería un niño. Había decidido que su contribución a la humanidad degradada sería la de criar a un hombre de bien. Para aumentar la probabilidad de que fuera un varón debían tener sexo el día mismo de la ovulación. Porque los espermatozoides «Y» son rápidos y fugaces. 2) Lucía quería una niña. El futuro, cada vez estaba más claro, sería de las mujeres vigorosas, empoderadas y valientes. En este caso, el sexo debía ocurrir entre el día diez y el día doce del ciclo, porque los espermatozoides «X» son lentos y pesados. Tardan en llegar, porque tardan en morirse.

Pablo había cumplido treinta y ocho y Lucía cuarenta cuando renunciaron al sexo y recurrieron a la fertilización asistida. Le plantaron cuatro huevos. «¿Y si pegan los cuatro?», a Pablo le parecía un panorama monstruoso y esperaba que ella le dijera que abortaría alguno, pero eso no estaba dentro de sus planes. Ahora Lucía quería hijos y quería hijos de repuesto para limitar la probabilidad de decepcionarse.

Pegaron dos, y ya en ese momento decidió que eran sólo suyos, los idos y los no idos. Eligió los nombres: Tomás y Rosa. A él esos nombres no le decían nada, pero ¿qué podía hacer? Los celebró. Después Lucía contrató a una señora llamada Doris que tuvo más que ver con su embarazo que él —y probablemente que ella—. Ahí Pablo le dio la batalla, no entendía por qué tenía que convivir con una extraña que le metía mano a su mujer en connivencia con ella misma: le masajeaba los dedos de los pies, las pantorrillas, las tetas y el cuero cabelludo, en ese orden, todos los días. «¿Con qué derecho? ¿Qué puso Doris en el tubo de ensayo?». Lucía ni se molestó en contestarle.

La mamá de Pablo no pudo viajar para el parto. Le habían sacado del pecho un quiste del tamaño de una bola de billar y estaba recuperándose. En su lugar fue Meredith, la única de sus hermanas que tenía visa americana. También tenía tres hijos, y se llevó divinamente con los bebés, con Doris y con los papás de Lucía, que —instruidos por su hija— tuvieron el buen gusto de volverse a su casa a los pocos días del parto y con la mitad de los regalos que habían traído, porque Lucía los consideró inapropiados.

«¿Pero qué es exactamente lo que le hace?», le preguntó Pablo a Meredith un día que Lucía y los niños se habían encerrado con Doris en la habitación. Ellos estaban tomando café en la cocina, llevaban casi dos horas llenando el tiempo con recuerdos forzados sobre parientes que él no ubicaba, impostando una cercanía ya prescrita o, directamente, fabulada. «La guía, la reconforta», contestó su hermana con cierto fastidio, como sacándose de encima a un niño latoso. Por fortuna, poco después de que se fuera Meredith, Doris la imitó. Entonces Pablo pensó que era su turno de participar. ¿Y qué pasó? Que Lucía se puso un bebé en cada teta y se aisló con ellos en una burbuja de paredes gruesas, impenetrable para el resto del mundo, pero sobre todo para él.

Duró dos años en la misma posición.

Después vino el proceso del destete que, por suerte, los niños aceptaron sin el trauma insoslayable que ella había anunciado.

Pero esa imagen, la de su mujer y sus hijos acoplados orgánicamente en una especie de *mátrix* doméstica, lo perturbaba en un punto de su cabeza que no conseguía aplacar. Al desprecio de ella (primero solapado, después escandaloso y finalmente mudo) se había acostumbrado. Ni siquiera era que no tuvieran sexo, tenían o no tenían, pero nadie se quejaba. Algo más se había malogrado en la relación; algo que los niños, en el caso de ella, habían sabido suplir en alguna medida, pero en el caso de Pablo no. Básicamente porque ella los absorbía la mayor parte del tiempo y les chupaba el cerebro, y a él le quedaban esos ratos residuales en los que estaban tan cansados que sólo servían para celebrarse los eructos y los pedos. En esos ratos tuvo que construir su paternidad. ¿Estaba conforme? No conocía otra forma.

El terapeuta lo escuchó en silencio toda la sesión. Pablo se sorprendió de todo lo que había podido decirle y, con una sensación paliativa en el cuerpo, espero a que le dijera algo. Esperó ansioso, pero de a poco se calmó; se sintió abrazado por un silencio sedoso que le dio esperanza. Lucía había tenido razón, necesitaba eso: descargar, limpiarse de sí mismo. Cerró los ojos y aspiró hondo para remplazar el vacío interno por oxígeno. Escuchó la voz del terapeuta, fría y displicente:

—Seguimos en la próxima sesión.

Acto seguido, el tipo se levantó, le dio la mano y lo acompañó a la puerta.

No hubo próxima sesión.

Pablo tomó el tren hasta su casa, entró directo a la cocina y sacó un *pack* de cervezas. Se acostó en el sillón y prendió la televisión.

Cuando llegó Lucía ya había abierto un segundo *pack*. En el piso había quedado el resto de las latas vacías, y en el centro del chiquero estaba él: un estorbo que ocupaba demasiado espacio dentro de esa superficie reducida.

—Eres el elefante en mi sala —le dijo ella.

Él simuló concentración en la pelea de boxeo.

Lucía había cenado con los niños en la casa de una amiga, los traía con sus piyamas puestas y dormidos en el coche doble —gigante y aparatoso— que estacionó en un rincón de la sala mientras fue al cuarto y, supuso Pablo, bajó las persianas, abrió las cunas, disparó ese aerosol de eucalipto para que respiraran mejor y encendió el humidificador de ambientes. Después los subió a ambos, uno por vez.

—¿Quieres que duerma en el estudio? —dijo él, en respuesta a esa mirada azorada que le lanzaba ella desde el pie de la escalera. Lucía dijo que no:

—Cuando te levantes, quedará en tu lugar un pozo tan profundo, que será todavía más difícil de esquivar —sacudió la cabeza con una expresión grave y afligida que acentuó sus rasgos aztecas y la envejeció mil años. Y se fue a dormir.

8

—Ahí viene —Rosa le aprieta la mano y Lucía traga saliva.

La estrategia es distraer con niños. Nadie sospecha de los niños, los *stalkers* lo saben y los terroristas también.

David Rodríguez lleva puestas unas bermudas Adidas color dorado y una camiseta Adidas estampada de flores rojas, moradas, verdes. Las saluda con un movimiento de cabeza. Rosa le hace doler la mano: la está apretando muy fuerte.

—Hola —dice Lucía.

Lo han estado esperando en el pasillo, afuera de su apartamento, frente al ascensor. Piso diecisiete. El tipo de la recepción les pasó el dato, se sentía en deuda por lo de las algas. Tampoco le veía nada de malo, dijo, mientras escribía en un memo: 1717.

David Rodríguez ha pedido el ascensor, que está en el piso nueve, y espera mirando la pantalla del celular. Lucía lo espía con el rabillo del ojo: el tablero de la Bolsa de valores de Nueva York. Llega el ascensor, suben los tres.

—Disculpa —Lucía se aclara la garganta. David Rodríguez ni se inmuta. Rosa cruza y descruza las piernas—. ¿Te tomarías una foto con nosotras?

Lucía se incluye, no estaba en los planes incluirse en la foto. Él la mira como si no comprendiera el idioma. Probablemente no comprende el idioma. Tercera generación de dominicanos en Estados Unidos: ni gota de español. Le repite lo mismo, pero en inglés. Esta vez se excluye, dice «*the girl*». Es su hija, la llama «*the girl*». ¿Por qué hace eso? Que sí, contesta él, se sonríe, mira sus muletas y dice que mejor en el *lobby*, sentados.

—¡*Cheese!* —David Rodríguez posa profesionalmente. Su brazo rodea los hombros de Rosa, que fuerza una sonrisa nerviosa. Lucía toma tres, cuatro, diez fotos.

—Gracias —le dice y alza el pulgar.

Él se levanta del sofá, se acomoda las muletas, hace una pequeña reverencia en dirección a Rosa: la piel sonrojada, los ojos brillantes.

En el apartamento está Cindy.

—Benjamín es un virus que se instala en el procesador del computador del líder de un cartel narco… —Tomás, sentado en la mesa del comedor, simula leer su libro en voz alta.

Cindy se ríe, está detrás de la barra que separa la sala comedor de la cocina. Rosa tira en el piso la bolsa del supermercado y corre a saludarla, le salta encima.

—¡Jesucristo! —grita Cindy y la atrapa.

—Hola, mi amor —Lucía se inclina sobre Tomás, le besa la cabeza. Pone las bolsas sobre la mesa y tropieza con una hilera de muñecos de Playmobil que aterrizan en el piso. Ya nadie juega con ellos, no se explica qué hacen ahí, colocados en el borde de la mesa, de cara al vacío. Se sienta.

Tomás no para de hablar, está desbocado:

—… los ha vencido, los domina, controla las operaciones en su totalidad: es inexperto pero intiutivo.

Intiutivo.

—Hola, Lucy —dice Cindy. Rosa está trepada en su cadera, de patas abiertas, como un mono. Los brazos le rodean el cuello.

—Hola —dice Lucía.

Quiere preguntarle por qué vino. No se supone que funcione de ese modo: las personas decentes no entran y salen de las casas de otros cada vez que les place. Las sirvientas menos: esperan a ser llamadas, requeridas, contratadas.

Sus papás son de esa clase de personas que descubrieron el progresismo —en un sentido meramente estético— tarde en la vida; y como de todas formas se muestran reticentes a prescindir del servicio doméstico, generan ambientes familiares promiscuos donde la sirvienta pasa a ser un pariente, una tía hacendosa, alguien que se sienta en la mesa a almorzar con los patrones, pero después va y lava los platos. Y sirve el café. Y vuelve y lava las tazas. Su abuela bogotana no admitía eso, le parecía terrible la confusión de roles. Por razones distintas —aunque quizá no tanto—, Lucía piensa lo mismo. Tener que fingir todo el tiempo que Cindy no es lo que es la estresa y la agota. Así que la trata como siempre trató al servicio: con respeto y distancia.

Suena el teléfono. Es su mamá. Ya había llamado en la mañana, pero debían salir a acosar al jugador de fútbol. Su mamá pregunta cómo están, qué tal el clima, si ya vieron a Cindy.

—Todo *okey* —contesta Lucía a las tres preguntas.

—¿Qué necesitas, nena? —dispara—. ¿Quieres que vaya?

—No, por favor.

—Las madres están para reconfortar a sus hijos.

¿Quién piensa eso realmente? Lucía mira a sus propios hijos, engolosinados con una mujer extraña y gritona, capaz de reconfortarlos cien veces mejor que ella.

—¿Cómo están por allá? —desvía el tema.

Su mamá dice que todo tranquilo, todo igual. Y eso, a todas luces, es un oxímoron. Viven en México. Y México es la familia paterna, o sea: un cuadro de tíos burgueses pero nacos, de abuelos apocados pero autoritarios, de primos y primas reventados.

—Qué bien —dice Lucía.

Cuando le dijo a su mamá que se iría al apartamento con los niños, cometió la torpeza de contarle lo de Pablo. «Tiene una amante». Se corrigió enseguida: «Varias... En verdad, no sé con cuántas mujeres se acuesta». Se lo había dicho él mismo en la clínica, después de que ella lo encaró.

Después de que ella lo golpeó.

En la casa se desdijo: que no fueron tantas, y ninguna más de una vez. «¿Y eso es bueno?». «Una sola… dos, tres veces». «¿Quién?». «No importa». «¿La alumna?». «No le toqué un pelo». «¿Quién?». «No se trata de eso». «¿De qué se trata?».

Cindy desmolda una torta. Encima le pone tajadas de mango maduro y encima leche condensada y encima coco rallado.

—Mmm —dicen los niños.

—No pueden comer eso —dice Lucía, tapando con la mano la bocina del teléfono. Su mamá sigue ahí, atacándola con largos silencios—. ¿Cindy? —insiste Lucía, y Cindy guarda la torta en la nevera. Los niños se quejan y ella dice:

—*Later*.

Su mamá empieza a irritarse y a irritarla:

—Necesito respuestas —dispara, como si hablara con alguien que la estafó.

—Te llamo después —Lucía cuelga.

—¡Pum! —algo explota en la historia de Tomás, que ahora está trepado en la barra de la cocina, con todo y libro. Cindy lo escucha, codos apoyados en la madera, el mentón descansa en los cuencos de sus manos. Rosa abre la nevera y saca la torta.

Lucía se siente rodeada de extraños.

Se va al balcón. La vista abierta es un golpe frontal.

De adentro hacia afuera: el *deck*, las piedras, el monte, la arena y el agua. Franjas azules y verdes que se alternan y se funden hasta el horizonte. Respira la humedad tibia y salada, cierra los ojos y los vuelve a abrir. Todo sigue igual.

Hacia el final de la tarde se roba una manta. Es blanca, de algodón, huele al perfume de la lavandería del hotel: cítrico. Estaba hecha un bulto sobre una de las camas de la piscina, la abrazó y bajó a la playa. Se metió en el mar y se sumergió hasta que el cuerpo le pidió aire. Ahora está echada sobre la manta, secándose al sol, que está casi ido. Por suerte. Ya no tiene una de esas pieles lisas sobre las que la luz brillante rebota. Aunque casi le sienta peor la luz rosada del ocaso: bajo ese filtro, el cuerpo se transforma en un bofe. Cualquiera que haya visto poesía en un atardecer, piensa, era joven.

Hace un tiempo que se esfuerza por mantener algún control sobre su estado físico, pero es tarde. Debió haber empezado mucho antes. Es flaca, su cuerpo mantiene cierta armonía en las proporciones, pero la piel la delata en su opacidad. Y los pozos escasos —pero visibles— de grasa vieja anclados en sectores desahuciados. Es el mejor resultado que puede ofrecer de sí misma: corre todas las mañanas, va al dermatólogo con frecuencia, se hace drenaje linfático una vez por quincena, come semillas y se toma unas cápsulas de colágeno con el jugo de naranja. No alcanza. Tiene buenas intenciones, pero ningún rigor. Los viernes se boicotea: hace guisos, estofados, cosas gratinadas. Expone bandejas de comida calórica y grasienta de las que todos se sirven dos, tres platos y se relamen. Es el día que se siente más querida. Es el día que se siente su madre y su abuela. Es el día que se emborracha.

Lo mejor que hace por su familia es sembrarles en el estómago capas de colesterol. Cuando sirve el desayuno en la mañana —el bufé casero y humeante de huevos con tocino, pan blanco, leche, cereales que contienen ese veneno llamado jarabe de maíz—, siente vértigo. Elige un bol colorido, le agrega algunas frutas cortadas y lo ubica en un lugar céntrico de la mesa para que todos lo vean. Las porciones atraen, lo leyó en alguna parte. No es lo mismo un gajo apetitoso de mandarinas que la fruta escondida debajo de su cáscara. Alguien, en algún momento, le va a meter mano: eso se dice. Y apenas deja el bol sobre la mesa, justo en el sector que se traga la mejor luz de la mañana, se pregunta: ¿a quién estoy embaucando?

Dibuja sobre el fondo del cielo los pequeños corazones de sus hijos: sus arterias inmaduras en permanente amenaza por su fijación lípida.

Piensa que es su culpa. En un punto, sí, su culpa. El corazón de Pablo y todo lo demás.

Siempre se asumió como una persona irresponsable y egoísta. Y profundamente temerosa. En su cabeza siempre estuvo latente la idea del fracaso. Y de la muerte. Varias veces al día piensa que podría estar frente a la última imagen de su vida: en el espejo retrovisor del auto, en la pantalla del celular, en la cara inocua de algún cajero del supermercado. Y se mueve con ese peso insufrible sobre ella. Ahora algo va a explotar. Ese camión no va a parar en el semáforo. Ese hombre lleva un arma. Ese perro sin bozal huele mi miedo. Y así es como muere un poco todos los días. «Le llaman pensamiento negativo cíclico...» —se lo escuchó a un psicólogo en la radio—, «... ese constante fijarse en uno mismo». Y Lucía pensó: ¿acaso no es ese mi trabajo?

Hace un esfuerzo tan grande por no mostrarle a su familia lo que verdaderamente piensa, que se cansa. Físicamente, se cansa. Es el mismo cansancio que viene tras haber tensado por mucho tiempo los músculos de la cara. Queda eso y el crujir de las mandíbulas. Algunas noches mira a los niños mientras duermen y se pregunta si sabrán que todo podría acabarse de pronto, sin aviso, sin tiempo para prepararse o para preguntarse por qué. Negar la tranquiliza y la absuelve: no saben nada.

Alguien se ríe.

Levanta el torso; a su derecha, varios metros más allá, una chica reparte volantes. No pasa mucha gente por ahí a esa hora. La chica la mira y camina en su dirección, ella vuelve a recostarse, pero la chica está a pocos pasos.

—Hola —se inclina para hablarle. El pelo le cae por delante de un hombro y roza la frente de Lucía. La chica se lo enrolla y lo sostiene—: ¿cómo estás? —le dice.

¿Peruana? Los acentos latinoamericanos se le mezclan en una melaza. Lucía dice que bien, tratando de descansar.

—Qué bueno —contesta ella, y que la invita a su *show*: canta los sábados en un club de South Beach. Música pop, melódica, tropical, un poco de todo. El *show* lo hace con una amiga. Ese volante le da derecho a un trago.

—¿Qué trago?

La chica pasea la mirada por su cuerpo, en un paneo que la recorre desde las uñas de los pies —despintadas de rojo—, siguiendo por las piernas y los muslos —poblados de pequeñas venas rotas—, y el vientre y el cuello —pecas nuevas, todos los días—. Se detiene en los ojos. Ve su propio reflejo en el iris oscuro de la chica.

—El que quieras —contesta y se sonríe.

Lucía quiere cubrirse, pero no trajo toalla.

9

«En mi casa fluctúo entre la hiperracionalidad cínica de los tristes y la idiotez aplastante de los felices. El disparador de ambas condiciones, estoy convencida, tiene que ver con los sonidos: los sonidos domésticos me activan un sensor que rara vez consigo apagar. Algunos me fascinan, como la alarma del horno que indica que el pollo está dorado, listo para servir. Entonces guardo el archivo, cierro la *laptop* y mi obediencia y yo nos mudamos a hacer los deberes a la cocina. Otros me abruman. Ese timbre que avisa que el refrigerador quedó abierto me obliga a dejar esta frase a medias para ir, primero, a cerrarlo y, segundo, a buscar a mi pequeño hijo varón —cuya rutina diaria incluye el acto mezquino de dejar el refrigerador mal cerrado— para gritarle. Hay sonidos como ese que sólo algunas personas somos capaces de escuchar. Son los sonidos de la ansiedad. Mi hijo padece una sordera selectiva, igual que su hermana, igual que su padre. No escuchan, por ejemplo, que el refrigerador quedó abierto, y por lo tanto no se les ocurre levantar sus traseros abullonados para ir a cerrarlo. Cuando se trata del pollo, en cambio, un resorte mágico los expulsa de sus asientos y los hace aterrizar en el comedor. Soy particularmente sensible a los sonidos de la ansiedad, que conforman un conjunto infinito y plantean distintos grados de violencia. *Believe me:* prefiero cuatro millones de refrigeradores mal cerrados que la voz de mi marido o, peor, que el silencio de mi marido. Nada más ruidoso y violento que su silencio. A veces me pregunto si lo hace a propósito —callar a un volumen ensordecedor—, esperando a verme reventar y escupir los tímpanos ensangrentados, o si, sencillamente, carece de los recursos neurológicos para…».

Así empezaban a ser los artículos de Lucía.

Pablo ya ni siquiera pedía explicaciones. Ese, en particular, había salido en un mes de agosto, justo cuando su hermana Sarakey fue a visitarlos. Había conseguido la visa gracias a su trabajo como profesora en un colegio británico que le gestionó buena parte de los papeles que necesitaba para tramitarla.

Leyeron la revista juntos en el jardín de la casa, mientras los niños chapoteaban en la piscina inflable con forma de cisne que acababan de comprar en Ikea. El artículo, ninguno de los dos entendió por qué, se titulaba «Protoplasma». Pablo estaba avergonzado. Sarakey lo leyó entero, en voz alta y, a medida que avanzaba, las pausas para tragar saliva se hacían más largas. Al final cerró la revista, como quien se rinde ante un problema matemático de imposible resolución, y suspiró. En la portada estaba Diego Luna disfrazado de Bogart.

—Es una malparida —dijo.

Pablo trató de justificarla:

—Es una columna, no es la realidad.

Sarakey hizo un paneo por el patio y les lanzó un beso a los niños que saltaban en el agua y gritaban: «¡Tía!», luego de lo cual hacían una pirueta de baile.

—Una malparida y una solapada —insistió Sarakey, sin dejar de sonreírles a los niños.

Pablo suspiró.

—¿*Believe me*? —dijo Sarakey—. ¿Tímpanos esangrentados? *Fokin* perra rebuscada.

—Ya está, déjalo así —dijo Pablo.

—¿Quién se cree que es? Escribe horroroso: ¿traseros abullonados?

Pablo sacó de la neverita dos latas de cerveza y le pasó una a Sarakey. Abrió la suya y tomó un sorbo. Estaba helada. Era la tercera y aún no habían almorzado.

—¡Uf! —dijo Sarakey—. ¿No te parece que tu mujer, además de una malparida, es una rebuscada de mierda?

Pablo alzó los hombros:

—Carezco de los recursos neurológicos para saberlo.

Cuando terminó la carrera, Sarakey se fue a hacer una suplencia a un colegio privado. Ella no quería ser profesora, quería investigar, ser útil, decía, y Pablo le contestaba que más útil iba a ser enseñándole Filosofía a un adolescente, aunque eso también costaba creérselo. En realidad, si su objetivo en la vida era servir para algo, Sarakey debía haber estudiado otra cosa, eso estaba claro, su propia madre se lo vivía diciendo. «¿Por qué no le dices lo mismo a Pablo?», le preguntaba ella, harta de que su mamá criticara los mamotretos que tenía que leerse —cuyas fotocopias le costaban casi lo mismo que las botitas de sus sueños: unas Reebok Freestyle Ultrabright originales—. Su madre torcía los ojos y se limitaba a decir que Pablo era otra cosa. Pablo era el menor —aunque Sarakey le llevaba apenas un año— y era el único varón. Además estudiaba Historia, no Filosofía, recalcaba: como si eso significara algo. Su hermana se enfurecía y, aunque Pablo no tenía nada que ver en la discusión, se enojaba también con él. Así que cuando Sarakey terminó la carrera y salió lo de la suplencia, su mamá respiró más aliviada, pero para ella fue la constatación de su fracaso. Para ese momento Pablo ya había empezado a aplicar a becas en Estados Unidos para especializarse y la convidó a que hiciera lo mismo.

«Vuela, cuervo», le dijo su hermana, y señaló la puerta de su cuarto con el mentón. Estaba escuchando un disco de Gal Costa a un volumen ensordecedor. Un par de lagrimones le mojaban los cachetes.

A veces Pablo recordaba esa escena y se lamentaba por no haberle insistido. Las pocas veces que había vuelto a su ciudad de vacaciones, siempre la encontró disconforme y resentida. De cara nunca cambiaba mucho; a los cuarenta y tres, cuando fue a visitar a Pablo a New Haven, aparentaba unos diez menos. «¿Que cómo está Sara Katherine?» —le decía su madre por teléfono—: «con el colágeno intacto». Pero se quejaba como una anciana achacosa. Siguió dando clases. Y tardó años en que la dejaran fija en el colegio donde trabajaba ahora. Pablo la imaginaba almorzando mal en la cafetería, fumando a escondidas en un patio húmedo y despreciando secretamente a sus colegas. Ni hablar de sus alumnos. Usaba un uniforme de bermuda verde y camiseta blanca, y una cola de caballo tirante: la había visto en una foto en internet. Un día antes del viaje, Sarakey llamó a Pablo por Skype. Hacía mucho que no hablaban o se escribían o tenían algún tipo de vínculo. ¿Por qué? Pablo no encontraba una justificación convincente. Pereza, suponía: mantener los afectos es cuestión de disciplina.

Su hermana le hizo un recorrido con la *laptop* por el apartamento en el que vivía: cutre y chiquitísimo, pero con vista al mar. No quedaba en la primera línea frente al mar, pero algo se veía. Antes del mar había unos cables de electricidad, el costado de un edificio en obra y una valla de publicidad de Belmont colocada en una curva de la avenida Santander. Le retaceaba un poco la vista, explicaba Sarakey, pero a ella no le parecía tan grave. A Pablo le vino una nostalgia falsa, el recuerdo engolosinado de algo que nunca vivió. Se vio en ese balconcito diminuto con su hermana, mirando el fondo del paisaje, escuchando esa salsa vieja que a ella le gustaba.

—¿Cuántos años tienen mis sobrinos? —le preguntó ella, instalada en un sillón estampado de arabescos terracota. Tenía una lata de cerveza Águila en la mano.

—Tres —contestó él.

—Ah, es el momento perfecto —y se empinó la cerveza.

—¿Perfecto para qué?

—Para que conozcan a su tía.

Después le mostró el tiquete.

—Los dos tienen el mismo problema —dijo Lucía, y que era extraño que nunca antes lo hubiesen conversado, siendo que ambos se dedicaban a la docencia. Dijo «docencia», pero en la cara se le vio que evocaba algo asqueroso. Pus.

Después hizo una serie de observaciones que, de tan obvias, rayaban en el ataque:

—Sarakey es tu hermana, ¿no?

Pablo no sabía si esperaba una respuesta.

—¿... por qué no le cuentas, entonces, lo frustrado que te sientes en tu trabajo?

Pablo respiraba hondo y se servía más ron. Esa noche todavía creía en el blindaje del silencio. Y todavía creía que su mujer era jodida y un poco mandona, pero al fin y al cabo era su mujer: *la madre de sus hijos*. Y lo quería. Y él a ella. «Quererse y cuidarse —le había dicho una de esas tardes a su hermana— no siempre van de la mano».

Era el final de una cena larga, de un día largo, de una semana que se le había hecho una eternidad. No por la visita de su hermana, que cada vez le caía mejor, sino por la fricción que había entre ella y Lucía. Ahora estaban en el jardín, sentados alrededor de esa mesa gastada. La bandeja con restos de arroz de titoté —el aporte de Sarakey al menú— se veía huérfana sobre el mantel escocés, porque Lucía había decidido levantar todas las fuentes, salvo esa. «Pensé que era un postre», dijo, cuando ya se había sentado de vuelta con su copa de vino. Sarakey se abstuvo de contestar.

Tendría que haberlo sospechado, pensó Pablo. Habría sido inexplicable que resultaran amigas. Todo eso que Lucía contenía rigurosamente en un envase sellado, a Sarakey se le desbordaba en cataratas. Bastaba comparar detalles. El modo de moverse, el modo de vestirse, el pelo. El de Lucía era liso —la raya perfecta a un costado—, guardado siempre detrás de las orejas. Ni una cana, porque se teñía. El pelo de Sarakey era liso, pero caótico. Iba para cualquier lado y ella no se lo impedía. Se había rendido: Pablo la recordaba enfrascada en una pelea eterna contra el *frizz*. No tenía ni una cana, era genético.

—Entonces, ¿tenés que dar exactamente la misma clase en castellano y en inglés?

Pablo había invitado a Gonzalo, que también era profesor de Filosofía, pero en una secundaria privada y elitista donde cobraba tres veces más que él. Le pareció que podría entenderse bien con su hermana, que ahora asentía a su pregunta y atajaba un bostezo con las dos manos, cubriendo boca y nariz como para que no se escapara nada.

—Qué ridículo —dijo Lucía.

—Más que ridículo es antiguo —dijo Sarakey.

—Los latinoamericanos y su obsesión bilingüe —dijo Lucía. Y después—: los latinoamericanos y su complejo identitario.

—Ese no es el problema —siguió Sarakey, y Pablo vio venir una ola de tensión—. El problema es que terminan adoptando esas formas híbridas tan dañinas, que hacen coexistir dos lenguas en una unidad sintáctica y semántica concreta y acabada.

—*What the fuck?* —murmuró Lucía y se rio despacito.

Sarakey seguía hablando como cuando estaba en la facultad. ¿Y quién podía culparla? En el Caribe, si querías distinguirte, tenías que aprender a hablar. Y eso significaba criar una retórica rimbombante y acartonada. Sarakey era la encarnación perfecta de la muchacha de clase media baja educada con esfuerzo, afín a todo aquello que sonara culto y contestatario. Por ejemplo, el cine club europeo al que asistía cada martes. Por ejemplo, el grupo de estudio de las negritudes. Por ejemplo, la célula feminista donde todo lo que se discutía era cómo acostarse con más tipos sin quedar preñada.

—… es algo que los latinoamericanos arribistas hacen todo el tiempo: meter palabras o expresiones en inglés en sus conversaciones o, peor, en sus textos. Libros enteros plagados de ese recurso manido, como si fuera una gran originalidad, como si sonara fino y elegante, como si no fuera tremenda corronchada de latino *wannabe*, como si ya no fuera suficiente tragedia tener que coexistir en el tiempo con los Calle 13.

—Interesante —dijo Gonzalo, mientras hacía montoncitos con la miga del pan en la mesa y miraba a Sarakey con algo que, si lo apuraban, Pablo habría descrito como lascivia pura y dura.

Elisa llevaba dos meses en Argentina porque su papá estaba enfermo. Se había llevado a Dany. Gonzalo estaba solo y, según le había dicho, se sentía huérfano. Pablo le preguntó a Lucía si le parecía buena idea invitarlo a cenar con Sarakey y ella le dijo: «A que terminan encamados». El rechistó: «Cerda, se trata de mi hermana». A lo que ella respondió con un puñetazo —torpe, pero doloroso— en el hombro: «Cerda tu madre».

—… por eso creo que, en realidad, no hay demasiada diferencia —ahora Gonzalo le hablaba a Sarakey, cada vez más cerca de la oreja, sobre el nivel de sus alumnos: «Menos que paupérrimo».

Lucía había perdido interés en todo, salvo en su celular: tecleaba algo y se sonreía. Debía estar burlándose de Sarakey con alguna de sus amigas.

Pablo se pasó al mezcal.

Venía tomando ron, juiciosamente, toda la semana. Sarakey lo secundaba, porque tomaba a la par de cualquier macho. «En alguna fase confusa de la emancipación femenina», dijo Lucía en una de las cenas de esos días, «quedó instalado que tomar a la par de los hombres era una conducta revolucionaria». A lo que su hermana respondió empinando su vasito: «Salud».

—A mí no me gana nadie —dijo Pablo, y Gonzalo se apartó súbitamente del lóbulo derecho de Sarakey—, tengo los alumnos más apáticos del universo. Mantengo la esperanza de que alguna vez, en algún curso, habrá un alumno, no digo inteligente, pero sí un poquito más receptivo que la media, y podrá captar algo de lo que intento trasmitirle —Pablo se tomó el resto de mezcal que quedaba en su copita: la bandera colombiana estampada en el vidrio—. Después no sé qué hará con eso.

—Yo tengo una alumna que hace preguntas —dijo Sarakey—, en general un poco idiotas, pero al menos anota mis respuestas. Pobre.

Gonzalo se rio. Sarakey siguió:

—Me voy a pasar la vida haciendo el mismo trabajo ingrato. Dentro de todas las posibilidades que vislumbro, al final no hay una sola que merezca la frase: «Valió la pena» —Sarakey hizo una pausa para empinarse un ron. Lo siguiente que dijo le salió con una voz raspada, como de cabaretera—: y aun así, en pocos años, esos chicos idiotas habrán llegado más lejos que yo.

La carcajada de Gonzalo escaló dos tonos. Había que pasar algo más que una tarde con Sarakey para captar su humor: ese no era un chiste, era autocompasión de la más genuina.

El llanto de Tomás, que escucharon a través del *baby call*, interrumpió la conversación. Lucía miró a Pablo como si él hubiese hecho algo para despertar a la criatura, y Pablo no tuvo más remedio que levantarse de la mesa, atravesar el jardín y entrar a la casa para ir a calmarlo. Era raro que llorara; en general, lo que escuchaban por el *baby call* eran enumeraciones de las palabras y expresiones que Tomás iba aprendiendo y que recitaba en sueños: *pterodáctilo, guayaba, shitty place*. Pablo subió las escaleras lo más rápido que pudo y, cuando llegó a la habitación, Tomás dormía como un ángel. El niño había conseguido, sin ayuda de nadie, dar con el chupo, encajárselo en la boca, abrazar a Shrek y volver a conciliar el sueño en cosa de segundos.

Pablo aprovechó para chequear a Rosa, que estaba perfecta. Se preguntó por qué las camas de sus hijos seguían teniendo baranda. Reparó en el tamaño de Tomás y pensó que el chupo estaba fuera de lugar. Rosa no usaba chupo, pero se orinaba en la cama todas las noches; su colchón estaba forrado en un plástico grueso.

Sus hijos —había dicho el médico cuando les presentó los recipientes con sus mezclas— eran casi perfectos. Habían aislado enfermedades posibles, habían mejorado la materia prima defectuosa.

Nunca entendió si eso era una broma.

Uno de los primeros días, mientras los miraba en sus cunitas, a Pablo le pareció notar que la parte negra de sus ojos ocupaba demasiado lugar. Cuando se lo dijo a Lucía, ella le devolvió una mueca agresiva: «¿Qué quieres decir?». «Nada», contestó Pablo, «sólo eso: que casi no hay blanco en sus ojos». «No entiendo», insistió ella, pero tampoco quiso esperar una explicación. Mejor. Él no tenía una explicación.

Rosa abrió la boca en un bostezo diminuto y emitió un sonido parecido a un ronroneo.

Hacía un poco de calor. Pablo se arrimó a la ventana que miraba al jardín y la abrió para que se ventilara el cuarto. Se asomó: Lucía ya no estaba en la mesa. Gonzalo y Sarakey se estaban besando. Él ascendía con su mano por el muslo derecho de ella, adentrándose en su falda.

—¿Los espías?

Pablo se dio vuelta y vio a Lucía en la puerta de la habitación. Después la vio levantar unos peluches del piso y ponerlos en el estante con el resto de muñecos.

—Hay cosas tanto más subversivas que acostarse con todo el mundo —dijo, victoriosa—: pero tu hermanita todavía no lo sabe.

10

Cindy se apropió de los niños. Se los llevó a una feria de comida, al costado de una playa cercana. Rosa se moría por comer muelas de cangrejo con limón. «Fíjate que estén bien cocinadas», le insistió Lucía a Cindy, varias veces. Cindy hizo un movimiento de cabeza del cual fue difícil inferir una afirmación.

Ahora son las once. Lucía desayuna sola en el restaurante del hotel, el mesero le sirve una infusión de hierbas antioxidantes que compró en el supermercado orgánico de enfrente, lleno de peruanos y chilenos porque había un partido de fútbol —la final de algún campeonato regional— y lo pasaban en la televisión del Deli Bar. Todos —viejos, niños, perros— iban vestidos con la camiseta de su equipo y con un aire festivo y decadente que contaminaba el ambiente. Cambiar de aire, eso se había dicho al salir del apartamento: cruzar al supermercado, sentarse en el Deli Bar, donde normalmente se podía estar tranquilo y comer bien, mientras se escuchaba una secuencia de canciones de Nina Simone, Peggy Lee, Roberta Flack, y así. Iba a pedir un *ristretto* y la torta de *blueberry*. Pero el aire de ese lugar estaba intoxicado. Más que cambiarlo, pensó, habría que dializarlo. Así que compró el té y volvió al hotel.

Come frutas.

Afuera, detrás del vidrio, el sol raja la tierra. No sabe qué hacer. Llamaría a su amiga Victoria, que está instalada en Fort Lauderdale hace años. Se aburre ante la perspectiva de verse con Victoria: sus hijos —tres escuincles hiperactivos—, su marido —galerista especulador—, su perro salchicha enano —Chavelo—, su mansión de durlock y su constante catequesis sobre moda tropical —«La gama del gris nace y muere en tu clóset, Lucy»—.

—Hola.

Ha estado mirando el resplandor durante tanto tiempo que al principio, cuando traslada los ojos a quien le habla, no consigue una imagen definida.

—Hola —contesta.

David Rodríguez lleva puesto un enterizo negro de neopreno y un relámpago azul que le parte el pecho. Le pregunta si puede acompañarla a desayunar, que él todavía no desayunó, que además el lugar está *full*, no tiene dónde sentarse. Todo en inglés. Lucía mira alrededor, el restaurante está vacío. Se ríe, le señala una silla y él apoya las muletas a un costado de la mesa. Se sienta y jala otra silla: una para él y otra para la pierna enyesada, decorada con firmas y dibujitos y mensajes de pronta recuperación. ¿Qué edad tiene David Rodríguez?, se pregunta, mientras él se sirve en una taza un poco de la infusión antioxidante. Veinticinco sería un cálculo exagerado. Pero se mueve con la seguridad de un tipo que creció rápido. No podría decir si es una estrella de fútbol o un capricho de su hija, que conoce las formaciones de todos los equipos del mundo. Tiene una aplicación en su iPad que la mantiene al tanto de los campeonatos de todos lados, y gracias a eso conoce más banderas de países que letras del abecedario. David Rodríguez alza el brazo y llama a un mesero, le guiña el ojo y el mesero asiente sin acercarse a la mesa.

Son las cinco de la tarde. Lucía está echada en la cama de David Rodríguez —enorme, suave, blanca inmaculada— pronunciando su nombre del mismo modo en que lo hizo Rosa la primera vez: «*Deivid*», dice y se ríe. ¿De qué se ríe?, eso le pregunta él, en medio de más risas ebrias.

De su falta de límites. De su desquicie.

—De que podría ser tu madre —dice ella.

Ha decidido hablarle en español. Aunque —o porque— David Rodríguez entiende la mitad, con suerte. Y cada tanto suelta máximas inventadas —«… la sensación de libertad que produce la transgresión es directamente proporcional al vacío que te queda»—, ante las que él asiente con una sonrisa ladeada y los ojos perdidos en algún pensamiento pegado al techo.

No han hecho nada, no podrían. Primero, porque están borrachos; segundo, porque él está tullido y, aunque tener sexo no sería imposible, por el momento se vislumbra como un escenario extravagante. Al menos para ella. Hace unos minutos él amenazó con penetrarla con una de sus muletas, lo que a Lucía le pareció un chiste hilarante. «Me sentiría timada», contestó. «*What?*», dijo él.

—Nada —le dice ahora—, no lo entenderías en ningún idioma.

Sus muletas, le había explicado él antes —cuando aún estaban en la mesa del bar conversando a un volumen cada vez más vergonzoso—, eran de titanio: modernísimas y livianas. Alemanas. Las mejores estaban allá, igual que las prótesis. ¿Por qué? El chico debía saber tan pocas cosas que esa data residual le daba su único chance de presumir.

Lucía intenta levantarse de la cama, pero pierde estabilidad y cae al piso. Ahí se queda: una mejilla contra la alfombra *beige* con olor a nuevo, a pocos pasos de la pared de vidrio que los separa del vacío. Una avioneta pasa —por tercera o cuarta vez— con un cartel flamante de cerveza Corona. Se pone de pie y se acerca al vidrio. Mira hacia abajo y siente vértigo: las sombrillas del hotel, diminutos lunares anaranjados, parecen bailar sobre la arena. Los cuerpos al sol: caídos en batalla.

No almorzaron. Pasaron del té a los martinis, y de ahí al *penthouse* de *Deivid* en el piso 17.

Vuelve a reírse. Él está detrás suyo, su brazo la rodea por la cintura. Apoya la pelvis contra sus nalgas y la nariz

81

contra su oreja: respira como un toro, transpira como un negro. La aprieta fuerte y la hace toser. «Suéltame», dice ella, y recuerda que es un futbolista con poquísimas neuronas funcionales, y piensa que tendría que haberle explicado a Rosa un par de cosas: admirar a un futbolista es despreciar la inteligencia. «*Let me go*», intenta de vuelta. David Rodríguez la agarra del pelo, le despeja la nuca y la besa; presiona su cuerpo pesado contra la espalda de Lucía y a ella le cuesta respirar. Baja la cabeza. Teme que el vidrio se rompa. Empuja hacia atrás y el tipo lo toma como una provocación: jadea, hace todos los guiños obvios de macho bruto, de porno de tercera. Algo la asusta: el ímpetu repentino. La conciencia de que ese muchachito mide dos metros y tiene la fuerza de King Kong. Podría, si quisiera, torcerle el cuello. Matarla a golpes. Todos los hombres —se dice, se recuerda y se repite como un mantra— se hermanan en su capacidad infinita de producir violencia. Y vomita.

Los niños regresan con una algarabía que la golpea en las sienes.

—Sh —hace Cindy y ellos hablan más bajo, aunque no lo suficiente.

«... dolor de cabeza, malestar general: quizá me pesqué un virus», le había dicho a Cindy por teléfono, y que mantuviera a los niños distraídos un poco más así ella tenía un rato para recuperarse. Se dio una ducha: untó los guantes exfoliantes de jabón y se restregó la piel. Metió la ropa que tenía puesta en una bolsa de basura y se echó en la cama con una bata de su mamá.

Tropiezan cosas. Siempre que se juntan con Cindy adoptan sus modos rápidamente. Se ponen toscos, largan gritos emocionados ante cualquier trivialidad. Rosa, sobre todo; Tomás trata de contenerse cuando Lucía está presente y eso la angustia. Su hijo, dotado de una belleza y una inteligencia extraordinarias, se esfuerza por buscar la aprobación de su madre deforme.

Tomás es el ejemplo que la escuela usa para presumir de su calidad educativa. Pero mienten, lo saben ellos y lo saben todos. Tomás podría estar en cualquier escuela. De hecho, Tomás debería estar en una escuela especial que encaminara sus dotes hacia «una genialidad más flagrante y direcciona-da». Pero ellos no quisieron eso; bastó que se miraran dos segundos para estar de acuerdo. Estaban en la reunión de maestras donde les mostraron los resultados de unos estudios que le habían hecho a su hijo a escondidas de ellos. Lucía se enojó: «¿Es legal hacer eso?». Pablo se quedó como paralizado. No les dijeron, explicó la directora en tono conciliador, porque nadie debía estar prevenido para no afectar el desempeño de Tomás en las pruebas. Lo importante del asunto, en todo caso, era que Tomás podía, si ellos querían, ser un genio. «¿Qué sabe usted lo que es importante para nosotros?», le dijo Pablo.

Siente que entran a la habitación, pero no abre los ojos. Siente el peso de un cuerpo que se deja caer sobre la cama y se arrima hacia ella. Siente el contacto de una piel transpirada y fría.

—¿Estás despierta? —le pregunta Tomás, despacio.

—Un poco —contesta—. ¿La pasaron bien?

—Hum —el tic.

Al rato, cuando Lucía está a punto de quedarse dormida, él le pregunta si ella la pasó bien.

—Sí, súper.

11

Lucía había llegado a insinuarle que lo que le estaba pasando tenía que ver con la muerte de su madre. Pero no lo dijo así, lo llamó «ese asunto irresuelto».

—¿Y qué es lo que me está pasando? —entonces, Pablo todavía lo negaba. En realidad, no le parecía que tuviera ningún problema serio. Problema serio era otra cosa, dijo.

—¿Qué cosa? —dijo Lucía.

—No sé —se sentía acorralado.

—Dame un ejemplo —insistió ella.

Él pensó en algo sin solución: una lesión cerebral.

—Un cáncer —dijo.

—¿Ves? —se la veía triunfal.

Estaban cenando en el restaurante Adriana's: la montaña de conchas vacías sobre el mantel a cuadros arbitraba las miradas de ambos. Esperaban el plato principal, dilataban la discusión siguiente, inflaban con silencios —y con un vino insulso que había elegido ella— la gran burbuja de tensión que los contenía.

—¿Pablo? —la mujer se llamaba Anna y se había parado a un costado de la mesa. Llevaba un vestido de volantes por debajo de las rodillas, los cachetes y el cuello color rosa encendido y los pómulos brillantes. La reconoció por la voz. Aunque, una vez superada la sorpresa, comprobó que en realidad seguía teniendo la misma cara. Anna era igual a una galleta Walkers —*pure butter shortbread highlanders, 135 g*. Ahora estaba gorda, pero antes era sólo mullida y suave, como un peluche de Miss Piggy. Te golpeaba de entrada con ese olor a talco Johnson's que salía de su piel y de su pelo. Un olor a bebota gigante, monstruosa, con hoyuelos en las mejillas y tetas en el cuello. Para algunos compañeros, recordaba Pablo, Anna era una gordita *hot*. Hoyuelos y tetas, para algunos, suponían una combinación suficiente. A él siempre le pareció grotesca.

Pablo se había puesto de pie, le había presentado a Lucía y le había preguntado por su vida. Ahora, mientras ella le contaba que tenía una granja familiar y que la habían incluido hacía poco en la guía de Trip Advisor «Cosas que hacer en New Haven», revivía la sensación de distancia y extrañeza que tuvo al poner un pie en esa ciudad el día que llegó. El día que visitó la universidad por primera vez y vio a quienes serían sus compañeros. «Acá todo el mundo es color rosado», le había dicho a su mamá en la primera conversación telefónica. «¿No hay negros?», le preguntó ella. Sí había, pero eran distintos. «¿Cómo son?». Su mamá, como toda mujer morena, tenía obsesión por los matices de la negrura. «Feos», contestó Pablo, pensando en los grupos que había visto en el campus: todos juntos, caminando en bloque, abrazados a sus libros —y a sus negras—, como en un *apartheid* autoinducido.

Anna seguía de pie, al lado de su mesa, con la sonrisa puesta. La conversación había llegado a un punto ciego.

—¿Tienes hijos? —le preguntó Pablo, como por llenar el bache.

Anna se esponjó como un pavo y sus mejillas se colorearon más. Hurgó en su cartera, sacó el celular y les mostró su protector de pantalla: tres niños y una niña apretujados en un abrazo. Todos rubios, lechosos, con cara de cerditos.

—Qué tiernos —dijo Lucía.

—¿Y ustedes? —preguntó Anna.

—Dos —dijo Pablo. Lucía asentía a su lado.

No tenían fotos en el celular.

Alguna vez tuvieron, pero habían cambiado de aparatos y las fotos fueron a parar a un *pendrive* del tamaño de una arveja que existía para ser perdido y olvidado. No mencionaron el asunto. Ni esa noche ni ninguna otra.

Pero un par de semanas después Pablo se sorprendió al ver una foto de los cuatro colgada en la pared del estudio: empuñaban algodones de azúcar color fucsia, parecían contentos.

* * * *

Hacía mucho que Pablo no volvía a su ciudad. Pero el año anterior, cuando su hermana fue a visitarlos, se había prometido hacer un viaje con los niños. Sarakey le insistió en que era importante que sus hijos conocieran su origen —«pobres criaturas, creciendo en la estratósfera»—, y lo convenció. Estaba decidido a llevarlos a visitar a la familia, a que se conectaran con esa parte suya, que también era de ellos. Empezó a fantasear: el viaje sería un nuevo comienzo en la relación con sus hijos, una oportunidad para construir algo esencial, algo en lo cual Lucía —que se vanagloriaba de no reconocer pertenencias geográficas— no podría competirle. A ellos los entusiasmó con la promesa de que se quedarían en el departamento de Sarakey —los niños habían cultivado una adoración extraordinaria hacia ella— y de que los llevarían a una selva con playa donde vivían unos animales que nunca habían visto. Googlearon peces raros, monitos salvajes, víboras. Cotizaron tiquetes. Estaban exultantes.

—¿Mami puede ir? —dijo Tomás.

Estaban en el sillón de la sala. La *laptop* en la mesa de centro los iluminaba con los colores de un tucán que planeaba a lo largo y ancho de la pantalla. Lucía pasaba el plumero por los estantes de libros, zambullida en algún pensamiento que, pensó Pablo, no los contenía en absoluto.

—Pregúntale a ella —le dijo Pablo, y Tomás obedeció.

—Claro —contestó Lucía. Un mechón de pelo le caía sobre la frente sudada, y Pablo pensó en lo bien que se veía así: relajada, ida—. Si me invitan, iré encantada.

Pero dos meses después murió la mamá de Pablo y el plan tuvo que postergarse. A Lucía no le pareció buena idea llevar a los niños a un entierro. Pablo estuvo de acuerdo.

La cremaron. La madre de Pablo había pedido eso, y que tiraran sus cenizas al mar. Pero no en ese mar turbio de la costa de la ciudad, sino en Barú, una isla cerca de Cartagena, donde habían vivido un tiempo cuando eran niños.

—Tenía que complicarnos la vida —se quejó Sarakey, ya en la lancha colectiva, rumbo a Barú. Ahora Sarakey fumaba mucho, demasiado. ¿Desde cuándo? Según Meredith y su marido —que iba con ellos—, desde que la madre empeoró.

Pablo sostenía el tarro con las cenizas: estaba nervioso, temía que se le cayera y los restos de su mamá terminaran en el piso de esa lancha hedionda a pescado. Ya era bastante indigno el recipiente que la contenía: un pequeño calambuco plástico que Meredith había comprado a último momento porque la urna del crematorio era muy pesada.

Era martes. La lancha llevaba pocos pasajeros. El sol les pegaba de costado y el calor ardía en la piel. Se sentía abombado, con la presión por el piso. Se aferraba al tarro con la fuerza necesaria para mantenerlo a salvo sin hacerlo reventar. Poco después de irse de Cartagena entendió por qué lo había hecho: por supervivencia. Era evidente que, mientras vivió allí, el entendimiento no le llegó de un modo fluido. Ese clima, que todo el año era igual —aunque se empeñaran en decir que cuando llovía era invierno y cuando no llovía, verano—, te iba chamuscando el cerebro por pedazos, y era así como, a la mediana edad, niños que habían nacido rosados y avispadísimos se convertían en señores marrones que caminaban en círculo, sin prisa ni perspectiva. Aplastados, entregados al vicio de no hacer nada.

Debían ser cinco o seis negros, pero parecían un tropel preparado para embestir. Tenían mazos en las manos y las camisetas amarradas en la cabeza, como turbantes para cubrirse del sol. Uno de ellos —el líder— tenía el maxilar superior adelantado varios centímetros, en una especie de gran trompa que le sobresalía como un toldo sobre la barbilla; tenía los ojos oscuros y hundidos entre los huesos de la cara, como atrapados en un pozo.

—Dicen que hay que pagar un peaje —el marido de Meredith se había bajado del taxi para averiguar por qué estaban cortando la ruta. Ahora volvía enjugándose la cara con un pañuelo.

—¿Peaje de qué? —se quejó Meredith—. Que vayan a trabajar esos vagos de mierda.

Sarakey rechistó y estuvo a punto de contestarle —lo que habría generado la pelea clásica entre sus hermanas desde el principio de los tiempos: la una defendiéndose a sí misma y al metro cuadrado en el que empollaba a su pequeña familia, y la otra defendiendo lo indefendible—, pero en el medio algo la distrajo. Otro de los negros se había apartado para hablar con un tipo que venía en una cuatro por cuatro. Los lentes de sol eran todo lo que se veía de él, asomados en la ventanilla trasera, a medio bajar. Manejaba un chofer, lo escoltaban dos guardaespaldas en motos a los costados.

—¿Quién es? —le preguntó Pablo.

Ella no contestó. Saltó del taxi y caminó en dirección a la cuatro por cuatro, pero los negros formaron una pared humana que le impidió seguir. Sarakey levantó el dedo del medio y le hizo pistola al de la camioneta, que cerró la ventanilla y se fue. El negro de la trompa se acercó más y la miró amenazante.

En el taxi, el chofer había iniciado una retahíla de oraciones en susurros y mantenía la frente apoyada contra el volante. Meredith se persignaba repetidamente. El marido juntaba los billetes con prisa para darles a los negros, para irse de una vez. Pablo había aportado cincuenta dólares que traía en el bolsillo del pantalón y que su cuñado prefirió guardarse él antes que dárselos «a esos negros comemierda que los van a usar para enrollar bazuco».

Sarakey, todavía frente al negro, escupió el piso. Después giró y caminó hacia al taxi negando con la cabeza, murmurando cosas para sí. Se subió y esquivó la mirada furiosa de Meredith.

—¿Qué pasó ahí? —le dijo Pablo cuando ya habían arrancado.

—¿Qué va a pasar? —soltó una risa amarga—. Lo mismo de siempre.

Pablo miró a Meredith que, como única respuesta, estiró el hocico y torció la cara.

12

—Algo va mal. Tenemos problemas para conectar con las Moscas —la voz de Tomás entra por la puerta y despierta a Lucía. Alguien ha corrido las cortinas y el cuarto está oscuro, pero por debajo de la puerta entra un resplandor que encandila. Huele a café.

En el baño se lava la cara y los dientes. Se peina, se pone el vestido de baño y encima un trajecito de algodón gris que le regaló Pablo hace años. Le queda chico.

—Buen día —lanza un saludo genérico que nadie contesta. Cindy y Rosa hablan sobre algo incomprensible que incluye la palabra «bacán». Después se meten en el cuarto a elegir qué ropa se pondrá la niña hoy. La mesa está puesta para desayunar. Hay un solo plato.

—¿Ya comieron todos?

—Mamá —Tomás frunce el ceño.

—¿Sí? —Lucía se sienta en la mesa y unta una tostada con mantequilla.

—Nuestra galaxia se come otras galaxias, ¿sabías?

—Ah, ¿sí? —Lucía se sirve café, moja la tostada en la taza y la superficie se cubre de grasa—. Qué bueno.

Tomás se queda mudo. Luego dice:

—¿Sí?

Lucía asiente. Se ha tragado dos tostadas y va para la tercera. Se sirve más café. Quiere huevos.

—¿Cindy? —llama. Desde el cuarto se escucha un cuchicheo que la perturba—: ¿Cindy? —insiste. La ve venir con pasitos rápidos y serviles.

—Dime, Lucy.

Lucía la examina de pies a cabeza.

91

—¡Cindy! —grita Rosa.

—Ahí voy, negrita —contesta Cindy, sonrisa complacida, sin apartar sus ojos de la cara de Lucía.

¿Qué cree que está haciendo?

—Hágame unos huevos —dice Lucía.

—Claro —la obedece con un entusiasmo incomprensible.

Cuando bajan al *lobby* hay unos tipos de uniforme cargando un tubo de varios metros de largo. Es una alfombra nueva. *Beige*. Va para el 1717. Todo eso se lo dice el chico de la recepción, que ahora simula ser su amigo.

—Ya —contesta Lucía, y se pone los lentes de sol.

Antes de bajar a la playa pasan por el bar de la piscina a pedir unos jugos de naranja. Han encendido una especie de cascada ruidosa bajo la cual reposan dos viejos en zunga. Primero había uno solo, con medio cuerpo inclinado hacia adelante, de manera que el chorro de agua lo golpeaba en la espalda. Luego llegó el otro, y el primero se incorporó y le dio la mano. El apretón duró unos segundos, después vino la palmada en el hombro. El día anterior, antes de que se apareciera David Rodríguez en el restaurante del hotel, los había escuchado hablar de ventas, insumos, comisiones. Le recordaron a su papá, que incluso en vacaciones procuraba trabajar. Era un trabajo absurdo, inconducente, como casi todos los trabajos. Su papá hablaba de la empresa de tubos con la trascendencia que un místico hablaría de su secta. Pero era un fervor falso; cuando consiguió deshacerse de la empresa se lo vio aliviado y contento. Desde entonces, él y su madre se convirtieron en personas todavía más ordinarias de lo que ya eran. Viajaban de un modo compulsivo. Se dedicaron a juntar adornos y anécdotas que, o bien chocaban por obvias y vulgares —como el esfuerzo de su madre por explicar la arquitectura de tal o cual lado—, o bien por desagradables; las historias de sus papás —sobre sus viajes, sobre sus amigos, sobre el mundo— solían bordear lo sexual y lo escatológico casi de un modo indefectible. Iban a playas nudistas, hablaban de pitos parados y culos caídos y gases encerrados en un teleférico de Banff, Canadá o de parejas fogosas en hoteles tailandeses. Eran viejos lascivos. Antes, con Pablo, se reían de eso y había cierta complicidad. Pero en un momento él empezó a decirle que al menos sus padres se demostraban cariño. Un cariño sucio e impúdico ante los ojos del resto, pero que parecía suficiente para ellos. Y con ese comentario aniquiló el humor que les permitía sobrellevar los encuentros familiares.

—Ey —Rosa la jala por la manga—, hace mil que están los jugos.

Lucía los agarra y bajan a la playa. Elige una sombrilla en la primera línea frente al mar. Hay poca gente, a esta hora se concentran más en la piscina. Tomás se quita la camiseta y se mete al mar. Rosa se sienta en la arena, de espaldas a Lucía, y refunfuña.

—Basta, se la han pasado todo el tiempo con Cindy, ¿es tan injusto que los quiera un rato para mí?

Rosa no le contesta. Lucía verifica que Tomás esté cerca y luego saca un libro del bolso. Rosa se da vuelta:

—No quiero que leas.

Lucía cierra el libro:

—*Okey*. ¿Qué quieres que haga?

—Que te mueras.

—¿Y antes? Porque para eso falta mucho.

—Que te enfermes.

Lucía se levanta de la silla, se saca el vestido y agarra a Rosa por debajo de los brazos. Está floja como un muñeco, no se resiste. La desviste y la arrastra al mar.

Su amiga Victoria consigue ubicarla. La llama al celular, aunque no recuerda habérselo dado. Sospecha que su mamá tuvo que ver; la imagina contándole a Victoria sobre su crisis matrimonial, sobre las amantes de Pablo, sobre el *Holi-day heart syndrome*. Victoria no suelta prenda, pero el tono —cálido, medido— la delata. Acepta verla. Victoria propone pasar por ella esa misma noche para ir a cenar. «¿Necesitas *babysitter*?», le pregunta. Lucía se lo piensa. Es sábado, esa mañana despachó a Cindy de un modo brusco. Tomás y Rosa miran televisión echados en su cama, todavía sin bañarse. Le dice a Victoria que en caso de necesitar a alguien le avisa.

Cindy llega sobrevestida. Dice que canceló una salida a bailar con unos amigos en un club que abrieron en Coral Gables. Lucía dice: «Perdón, Cindy, no sabía…». Y ella la corta en seco: «No, no, no: todo por las amigas». La expresión de solidaridad sólo se explica, otra vez, por la intervención de su mamá. Además, es obvio que Cindy, como el resto del género humano, disfruta de la desgracia ajena porque la coloca mágicamente en un lugar de superioridad moral: estoy aquí para ayudarte.

Los niños duermen. Lucía se inclina sobre la cama de Tomás y aspira el olor a champú que sale de su pelo. Mira a Rosa, le da un beso en el pie —uñas despintadas de rosado— para no despertarla. Todavía no ha llegado Victoria cuando termina de maquillarse. Busca la tarjeta de la puerta en la mesita de entrada y encuentra, también, el volante de la chica de la playa. Lo dobla y lo mete en la cartera.

Baja al bar.

No ha tomado alcohol en todo el día. Su plan era no hacerlo tampoco esa noche, pero entonces llamó Victoria. Pide un martini y un plato de aceitunas. Cuando llega Victoria apura el trago, que está por la mitad y se embute tres aceitunas juntas. Va al baño y se enjuaga la boca, se pinta los labios y sale. En la entrada del hotel hay una fila de camionetas por estacionar. Victoria espera en el estacionamiento de afuera, porque el de adentro está lleno.

—Llegaron unas Hummer llenas de raperos con cadenas y unos negros vestidos de Dior —se queja, cuando Lucía se sube y se pone el cinturón. Victoria no arranca. Ahora la mira con la cara ladeada y ojos de lástima. Está maquillada y peinada por un profesional, se ve que esa tarde pasó por un salón de belleza.

—¿Qué pasa? —dice Lucía.

Victoria se le viene encima con un abrazo.

—Amiga —dice y respira hondo.

Ella no sabe qué decir, así que no dice nada. Se deja estar en ese abrazo, como cumpliendo una penitencia.

—¿*Holiday heart?* —es la tercera vez que Victoria le pregunta lo mismo, pero cada vez le sale más agudo—. Nunca escuché semejante cosa.

—Ya sé —Lucía alza los hombros.

Victoria se ríe y Lucía busca reacciones en las otras mesas, pero casi no queda nadie en el patio. Antes había parejas melosas estratégicamente situadas bajo las lucecitas que colgaban de los árboles. Es un bistró griego, pidieron varios platos de degustación y un montón de martinis. El pulpo la hizo pensar en Rosa. Tenía diez meses cuando lo probó y desde entonces era su plato preferido. Podía comer tazones enteros de pulpo, apenas hervido, con un poco de sal. Salía más caro alimentar a esa niña que vestirla y educarla.

—Qué chingada, amiga —Victoria choca su vaso contra el de ella. Al poco rato se acerca un mesero con la cuenta y dice que el lugar cerrará en breve. Lucía mira el reloj, es medianoche.

—Vamos, te invito a ver el *show* de una amiga en South Beach.

Tardan en encontrar el lugar porque las aceras están atestadas de turistas borrachos que impiden ver la nomenclatura. Victoria se la ha pasado quejándose. Al parecer odia Miami. Descubrió súbitamente —o en los últimos dos años, según cuenta— que el lugar está poblado de «nacos, putas y viejos enfermos con sus enfermeras que les soban el camote». Cuando llegan, se ubican en la barra del lugar, mirando al escenario donde un tipo descamisado canta un tema de Roberto Carlos convertido en reguetón. «Una cerveza y nos vamos», le dice Victoria, impaciente, demostrándole que está haciendo un sacrificio enorme por ella.

Cuando sale el tipo, un gordo tatuado pone en el escenario un sillón inflable color lila. Después entran dos chicas, supone que una de ellas es la de la playa, aunque no la reconoce porque tienen puestas unas cabezas de animales. Una es un conejo, la otra una ardilla. Debajo de las cabezas llevan unos vestidos blancos ajustados y muy cortos. Cuando se sientan en el sofá, los vestidos se les suben y se alcanzan a ver unos calzones amarillos, en el caso del conejo, y rojos, en el caso de la ardilla. Las cabezas se miran y se acercan hasta tocarse la nariz, y enseguida arranca la pista de una balada que a Lucía le suena lejanamente familiar. El conejo saluda, agradece la presencia del público. La ardilla empieza a cantar. Le parece que es un tema de Gloria Trevi pero lo han deformado tanto que también podría ser de Kurt Cobain. Cada tanto se rozan las manos y se acomodan en el sofá, lo que expone más su ropa interior. Para unos ojos viejos y viciados como los de Victoria, que no para de quejarse —y como los suyos, seguramente—, toda la escena es una burda insinuación porno *soft*. Pero esa noche Lucía cree ver algo más puro que excede todos los elementos que conforman el *show*, y que excede —sobre todo— las intenciones artísticas de ese par de chicas cuyo mayor acierto es ignorarlo todo. Ignoran que las cabezas de peluche son una idea pobre y gastada. Y que el tono que eligieron las hace cantar como si arrullaran a un niño sordo. Y que el vestuario es de cuarta. Pero hay algo bello —y real— en el modo en que se tocan con las yemas de los dedos, como si en verdad no intentaran provocar erecciones. Piensa que es todo lo contrario al movimiento pélvico del futbolista que ayer la golpeaba por detrás.

—¿Cuál es tu amiga? —pregunta Victoria. Ha vuelto del baño con un cambio de peinado y se aferra a su cerveza, que tiene un gajo de limón flotando en la superficie.

—No sé.

Victoria suspira y se sienta a su lado, apoya la cabeza en su hombro como si fueran un par de adolescentes al final de una noche larga.

Lucía piensa en Tomás y en Rosa hundiéndose en el mar.

«A ver quién aguanta más», se decían esa tarde. Un segundo después desaparecían bajo el agua y ella sentía una zozobra que no tardaba en convertirse en terror. Odiaba esos juegos y todos los que sacaran a sus hijos de su campo visual. Imaginaba sus pequeños cerebros detenidos por la hipoxia y gritaba «salgan ya, basta, por favor», intentando retener las lágrimas. Cuando salían siempre había un lapso muy corto en el que creía haberlos perdido, y celebraba la primera frase coherente que brotaba de sus bocas, como se celebra a un parapléjico que se levanta y se echa a correr.

La cabeza de Victoria le pesa en la clavícula. Se siente tonta. Piensa en Pablo como en un pariente lejano. Trata de recordar cómo era antes, cuando lo conoció. No consigue ubicar el momento exacto; se le viene a la cabeza una noche en un bar de ruta donde habían parado a comer. Pablo se había ofrecido a acompañarla a visitar a una prima que había alquilado una casa en Westport. Se sentaron en una mesa al lado de una señora y su hijo. El chico se examinaba las manos muy de cerca, como si las tuviera plagadas de hormigas diminutas. Enfrente tenía un plato con restos de comida y unos cubiertos sucios. La madre fue a buscar a alguien que les limpiara la mesa, antes tomó al chico por los hombros y le dijo: «*Stay still*». Y, cuando estuvo a varios metros, el chico agarró el cuchillo y se rebanó los dedos como si cortara cebolla. Lo hizo repetidamente, sin emitir sonido. Cuando la madre llegó a la mesa, dando gritos, ya otros habían intervenido. Entre esos Pablo, que trataba de calmar al chico hecho un ovillo en el piso, abrazado a sus piernas con las manos ensangrentadas.

—¿Vamos? —le dice a Victoria y se cuelga la cartera.

Victoria asiente y sonríe. Si fuera una mascota, piensa Lucía, movería la cola.

13

Meredith y el marido tomaron la lancha de regreso a Cartagena. Sarakey y Pablo decidieron quedarse a pasar la noche en Barú. Antes habían llegado hasta Playa Blanca y habían volcado las cenizas en el agua sin ninguna ceremonia. «¿Ya está?», dijo Meredith cuando Pablo le puso la tapa al tarro vacío. Para los tres había sido decepcionante. Un trámite desangelado. Ahora Pablo y Sarakey tomaban aguardiente en un kiosco de la playa, habitado por un negro y varios perros flacos. Se habían sentado en una mesita plástica con sus sillas gastadas. El vallenato les atizaba la tristeza, las ganas contenidas de llorar. Se estaba poniendo el sol y en la playa no quedaban más que tres holandesas pasadísimas de alcohol y probablemente de cocaína, que hablaban a los gritos. Los negros ni las miraban, debían estar hartos de esas loquitas pálidas, con tetas largas como lengüetas, que bruxaban al final de cada frase.

—¿Y quién era el man de la camioneta? —le preguntó Pablo a su hermana. Casi no habían abierto la boca, salvo para acordar que pasarían la noche en un viejo hostal del lado de la ciénaga. Era de una amiga de Sarakey y les cobrarían la mitad.

—Uno que quiere hacer un hotel allá —Sarakey señaló la costa de la isla que seguía la línea de la playa y después se perdía en una curva.

—Ya.

—Es una zona protegida, pero no importa, igual lo va a hacer. Se van a morir un montón de animales, van a pelar el bosque, no se va a poder pescar. Y así… Pero no importa, acá nada tiene consecuencias.

—Qué vaina —la culpa ecológica no le tocaba ni media fibra. Quería retroceder el tiempo unos minutos y no haberle hecho esa pregunta.

—… además le robó las tierras a los isleños. Pero estos negros van a transar por cualquier porquería, porque no saben nada ni se dejan enseñar.

—Ya.

Había escuchado eso tantas veces.

Lo agotó lo que seguía.

El discurso que subestimaba a los negros pobres y demonizaba a los blancos ricos. En el medio quedaban los que no hacían nada para no romper el equilibrio. Él. Se tomó un trago de aguardiente.

En el agua flotaba una holandesa, las tetas eran un par de montañas blancas y asimétricas. Las otras dos estaban sentadas en la orilla, en calzones y brasier. El kiosquero pelaba un coco, cuando estuvo listo vació parte del agua en la arena, lo rellenó con aguardiente y le plantó un pitillo.

Sarakey se levantó de la mesa y caminó hacia el mar. Se habían bajado ya media botella. Dijo que se iba a dar un chapuzón y se fue sacando la falda y la blusa con una facilidad pasmosa. Mientras avanzaba, las holandesas de la orilla le hicieron señas para que se acercara, pero ella siguió de largo y se metió al agua. Se zambulló como un delfín y nadó hacia el fondo.

* * * *

Pablo se acaba de duchar. Lety le insistió en que lo hiciera, así se sacaba toda esa «modorra» de encima. Se puso unos *boxers* y las chancletas. Ahora busca una camisa en el clóset: elige una de botones, todavía le cuesta un poco levantar el brazo izquierdo para calzarse la manga.

Afuera Lety habla por teléfono con algún empleado de la lavandería. Hoy hace cuatro días que llegó, el negocio debe estar patas arriba porque Lety no delega, no le gusta. «¿Para qué?», dice, «¿para que me roben?». Tiene tres empleados que se turnan para atender los pedidos y repartir la ropa. El resto lo lleva ella: las cuentas, los pagos, la compra y el mantenimiento de los equipos. Debe tener un guardado de dinero importante, piensa Pablo, lleva años dedicada a su negocio sin descanso ni distracciones. En Port Chester, en todo caso, no hay demasiadas distracciones.

«No sé cómo tienes tiempo para que se te ocurran esas cosas, Pablito», le había dicho la noche anterior, mientras lavaba los platos de la cena y los iba apilando en una torre. Él se tomaba un té en la mesa de la cocina. Habían vuelto a hablar de la novela. Ella pensaba que la esposa del rico tenía que dejarlo para irse con el profesor de Biología, porque si el tipo era tan malo no había mujer que se lo aguantara, ni por toda la plata del mundo. La explicación de Pablo era que una mujer inteligente —como pretendía que fuese su personaje— jamás dejaría a un marido de tantos años. Preferiría una vida desgraciada pero cierta, a lo impredecible de la felicidad.

Lety lo miró como se mira a un loco. «Y esa casa con el pozo de bichos...», dijo después, «¿es la de Rosario?». «¿Qué Rosario?», a Pablo empezó a molestarle la necesidad de Lety de buscar correlativos en la realidad. Era notable su desconfianza en la ficción, siendo una mujer acostumbrada a mirar telenovelas disparatadas. «Rosario: la amiga de tu mamá, la *hippona* esa que visitaban en Barú». «Rosario», repitió Pablo, la había olvidado por completo.

Por la tarde vuelve Elisa. Esta vez se le mete a Lety por un costado y consigue avanzar hasta el estudio, donde Pablo reposa el almuerzo.

—¿Me estás evitando? —entró sin tocar la puerta y ahora está parada frente a él con los brazos cruzados y la cadera ladeada. Tiene puesto un conjunto deportivo de esos que usa para dar sus clases. De esos que Pablo se hartó de sacarle con los dientes durante el último año, y cuyo olor a sudor y a *splash* frutal primero lo excitaba y después le daba arcadas.

Se incorpora lentamente en el sillón.

—Tuve un infarto —dice.

Elisa no dice nada. Sacude la cabeza como si necesitara acomodar las piezas de adentro.

—Estoy convaleciente —sigue Pablo—, no debería recibir visitas.

—Pero... —Elisa balbucea. Se acerca al sillón y se sienta a su lado. Toma su mano y se la besa—. El martes vi salir a Lucía con los niños, llevaba mucho equipaje. Imaginé que... No sé, lo peor.

—Lo peor es que casi me muero, lamento decepcionarte.

Elisa le besa el cuello y respira en su oreja. Se siente bien. No podría tirársela ni aunque le inyectaran sildenafil o en las arterias, lo que le parece muy bien. No quiere tirársela. La sola idea lo agota y un poco lo asquea. Los dedos flacos de Elisa se posan en su entrepierna y él le retira la mano.

—No puedo.

—No importa —dice Elisa y se arrodilla frente a él, le mete la mano por la ranura del *boxer* y acerca la boca.

* * * *

El día del episodio —así lo llamaba el cardiólogo— se había sentido enfermo. Mandó un mail a la secretaria de la dirección del colegio y le dijo que no iría: un viento frío —extraño para esa época— lo había sacudido, y el doctor le ordenó reposo. Elisa ya le había conseguido antes un certificado de incapacidad con un médico que tomaba sus clases de yoga. Aquella vez Pablo se preguntó si ese médico no tomaría algo más que sus clases de yoga, pero no se lo preguntó a Elisa por temor a que lo malinterpretara; ella esperaba de él algún tipo de reacción furiosa y posesiva de hombre apasionado que no estaba dispuesto a concederle. La secretaria contestó: «¡Pobre!», y dijo que se lo comunicaría a Ómar, el director de la secundaria, quien seguramente pensaría que Pablo mentía y el lunes lo atacaría con preguntas minuciosas —formuladas en un tono aparentemente preocupado— acerca de su malestar.

Era principio de junio, estaba por terminar el año escolar y realmente poco se hacía en el colegio. La jauría adolescente estaba poseída por la proximidad del verano. Los chicos se vestían con pantalones cortos y camisas hawaianas, y se llevaban la mano al bulto con más frecuencia de lo usual; las chicas iban con ombligueras, *hot pants*, bocas rojas, pelos atados en colas altas y olor a oxitocina.

La noche anterior había discutido con Lucía.

¿La razón? Fue desplazada inmediatamente por la violencia del diálogo. Ahora le parecía que tenía que ver con quién llevaba a los niños a la escuela en la mañana. Cuando Lucía se levantó, hizo todo el ruido que pudo: se bañó con la puerta abierta, movió frascos, prendió el secador y despertó a los niños con gritos. Gritos aparentemente amorosos. Gritos que, sólo mal entendidos, podrían atribuirse a una madre en sus cabales. Cuando él todavía simulaba dormir, Lucía le dijo que se iría a la biblioteca de la universidad a trabajar en su artículo. A Pablo le irritaba que Lucía no se molestara en aclarar a cuál universidad, porque para ella Yale era la única universidad válida del condado. También le molestaba que hablara de «su artículo», como si él estuviese en la obligación de saber a qué artículo se refería. Claro que desde hacía meses que se trataba del mismo. «¿Sigues con eso?», le dijo él. Ese fue el último dardo. Y ella respondió con un misil que apuntaba a sus casi dos años entregados a esa pseudonovela que agonizaba en el cajón de su escritorio. Antes de irse volvió a entrar al cuarto para decirle que no se olvidara de la cena que tenían esa noche: era importante.

Cuando la casa estuvo en silencio, Pablo se recluyó en el estudio. Abrió la carpeta de su novela y luego un archivo llamado «Sobras». Contenía un listado de frases sueltas que ya no recordaba a cuento de qué había anotado:

Horas vacías.

Puñales ardientes.

Criadero de vicios.

Caimán muerto.

1) Entrar en su cabeza; 2) Romper cosas dentro de su cerebro.

Orientarse, eso importa.

Todo es cuestión de luz.

Cuatro dagas en punta.

Bocachico, sábalo, tilapia roja, bora bora.

La lista se extendía por varias páginas. Algunas frases estaban en cursiva, siguiendo algún criterio que Pablo intentaba recordar. Lo interrumpió el teléfono. Contestó. Del otro lado se oía una respiración.

—¿Quién es? —insistió.

La respuesta llegó en susurros:

—*Sense it.*

Casi nunca tenía ganas de ver a Elisa.

—*… a bug could sense it* —siguió.

Pero ese día pensó que era la cura perfecta para su malestar.

Respiró hondo y algo en su cuerpo se distendió. Ella empezó a decirle porquerías, algunas más o menos graciosas, y mientras la oía volvió a la pantalla, buscó otra frase en cursiva: *Hombre normal que se cree especial.*

Podría habérsela dicho Lucía.

Elisa le tenía una sorpresa, dijo. Se la daría esa tarde. Y le pasó una dirección.

* * * *

Lety está muda. Hizo la cena, puso la mesa y ahora comen una ensalada de repollo con papa. Se la ve mortificada. Pablo conoce bien esa expresión, no la vio muchas veces, pero sí que la ha visto. Una vez, cuando estudiaba, a Pablo se le ocurrió preguntarle si podía llevar a una chica a su casa. Estaban relajados, almorzando un delicioso arroz con pollo, su especialidad. Habían hecho chistes sobre la gente del pueblo, toda bien clasemediera y gris. «¿Es de la universidad?», le preguntó ella, aflautando repentinamente la voz. Pablo ya casi completaba el primer año de la maestría y, la verdad, no tenía mucha vida social. La chica a la que se refería era una que atendía una panadería colombiana cerca de la estación de tren de Port Chester: una mulatita del Pacífico de nombre Dayana. Lety se habría opuesto a ese perfil, por supuesto, pero antes de que pudiera mentirle ella torció la boca y dijo: «Mejor no, no quiero líos». Pablo se las arregló, sin embargo, para meter a Dayana por la noche cuando Lety dormía, y la cosa resultó tan fácil que la escena se repitió sábado tras sábado, como si toda la vida. El día que lo descubrió su tía, no fue por su impericia para colarla en la habitación, sino porque Dayana había entrado en confianza y se le daba por contarle historias en la cama, después de tirar. Eran anécdotas tontísimas que arrancaban siempre con un chillido: «*Holy shit!*», y después: «No sabes la putada que me hizo mi amiga Jennifer…». O algo por el estilo. Y Pablo se la pasaba chitando y tapándole la boca. Hasta que un día Lety abrió la puerta y le pidió amablemente a Dayana que se vistiera y se fuera de su casa. El resto del fin de semana, y el otro, y el otro que siguió, Lety tuvo la misma expresión que tenía ahora mientras cenaban. Nunca le dijo ni mu.

—Está rico, Lety —dice Pablo, que ya terminó su plato de ensalada.

Ella levanta la mesa y trae un platito con almendras tostadas. Pablo se come un puñado y dice que se va a dormir.

105

En la cama piensa en la vida de Lety y se deprime. No sabe por qué. No conoce a muchas personas que se muestren tan satisfechas con su vida como se muestra ella. A él, sin embargo, le da tristeza. Le vienen a la cabeza los clientes de la lavandería: casi todos latinos. O sea que la tía Lety emigró de Montería huyéndole al destino probable de convertirse, con mucha suerte, en la secretaria de alguien, para venir a lavarle la mierda a gente más corroncha que ella y que toda su familia junta. Recordó las tardes de viernes en Port Chester, cuando llegaba a la casa de su tía para encontrarse con las bolsas de ropa limpia en el comedor, rotuladas a mano y listas para ser repartidas por la mañana. Al principio, Pablo tenía la fantasía tonta de irse a pasear los fines de semana, o de entrar al Capitol Theatre —lo único lindo que había en Port Chester— a escuchar un concierto. Pero en lugar de eso se la pasaba entregando ropa hedionda a pachulí con fondo de fritura —se iba el olor a vómito, a grajo, a orín, a caca, pero a fritura jamás—. En la familia se decía que Lety había sabido ser una morena bella y juiciosa, y estaban todos orgullosos de que hubiese podido irse. «Va a llegar lejos», recuerda a su abuela diciendo eso, con la cara empantanada en lágrimas, cada Navidad y cada fin de año, cuando hablaban con ella por teléfono. Y ahí estaba, lejos. Deshaciéndose de la mugre latina y volviendo sobre ella todos los días, en un *loop* que le gastaría la vida.

¿Se casó la tía Lety? No, estaba muy ocupada lavando ropa.

¿Ahorró lo suficiente para dejar de trabajar? En Estados Unidos, como decía ella, nunca era suficiente.

¿Novios? Nada formal.

¿Polvos? Eventuales.

¿*Hobbies*? El bingo.

Ahí, pensó Pablo, en ese vicio ordinario y pequeñito, estaba su felicidad.

14

Lucía recibe un mail. Es de la editora de la revista donde acaba de salir su artículo. Lillian Bennet se llama la editora. En los últimos meses hablaron casi a diario. Es una revista con tendencia feminista que se lee mucho en el nicho de universidades. Alguien de la beca en Yale le había hablado a Lillian de la tesis de maestría de Lucía —*The Role of Motherhood in the Social Construction of the Woman Model*—, y ella la contactó para que escribiera algo relacionado con el tema. Después de varias conversaciones, Lucía le propuso trabajar el capítulo dedicado a la historia del afecto, y el resultado fue un artículo algo descarnado que le valió algunos enfrentamientos con Pablo. Ni siquiera llegaban a ser peleas, eran reproches solapados y burlones que él le lanzaba en momentos incómodos. Por la mañana, apurados, masticando *croissants*; o por la noche, mientras ella orinaba y él se pasaba el hilo dental: «¿Ya pensaste qué le dirás a Tomi el día que descubra qu"e tu amor por él no es innato, sino —dibujaba comillas en el aire—: "el producto de cambios sociales que impactaron en tu mentalidad"?».

Lillian le dice que el artículo ha recibido muy buenos comentarios.

«¿Ya le contaste a Lillian Bennet que me excluiste del embarazo como a un gato con toxoplasmosis?».

Además, Lillian le habla de una carta elogiosa de una profesora de la Universidad de Boston, cuyo nombre Lucía conoce perfectamente. Leyó sus libros. La admira y la desprecia por las mismas razones.

«¿Lillian Bennet sabe que estás casada con un macho débil que no tuvo los huevos de preñarte a la fuerza?».

—Cindy, ¿podrías bajar eso, por favor?

Lucía está sentada en la mesa del balcón: el mar y el cielo son un bálsamo azul verdoso. Incluso la temperatura está bastante controlada, pero no consigue concentrarse porque Cindy y Rosa llevan toda la mañana practicando la coreografía alborotada de una *latin hot bitch*. «¿Qué quiere decir eso?», preguntó Lucía cuando las escuchó soltar la categoría al aire, con el rigor de quien pronuncia un nombre científico. Cindy amplió: «Son esas latinas poperosas a las que les gusta el perreo». Incluso Tomás tiene una participación menor en el baile: debe entrar en un momento específico y alzar a Rosa, dar una vuelta entera y volver a depositarla en el piso. Acto seguido le pega una nalgada y sale de escena. Cindy está empeñada en someter a sus hijos a un frenesí de vulgaridad constante y ruidoso.

La sala del apartamento es un caos: los sillones están corridos contra la pared y la mesa de centro ha quedado atascada en el pasillo de la cocina. Hace un rato quiso entrar a servirse agua y le tocó treparse por encima de la barra para poder acceder a la nevera.

Los niños aúllan.

Lucía vuelve a la carta: «Coincido con tu idea de que el cuerpo de las mujeres funciona como una suerte de coartada cultural para los varones…».

Pero el escándalo desvirtúa el momento.

—¿Cindy?

El volumen de la música baja, pero sólo un poco.

—¡Cindy! —grita. Luego descubre que demasiado alto.

Se da vuelta: los tres están parados unos pasos más allá del marco de la puerta corrediza que separa la sala del balcón, y la miran como presas asustadas. Brillan de transpiración. Los niños están bronceados, despeinados y un poco sucios. Llevan camisas hawaianas que no sabe de dónde han salido. Su mamá, ahora recuerda: se las trajo de Brasil el año pasado y ahí quedaron. También trajo imanes para

108

la nevera (dos negritas vestidas de carnaval que se activan con el sol y bailan), pero allí ya no caben más imanes y ha tocado redistribuirlos por todo el apartamento. Sus papás traen un imán de cada ciudad que visitan, lo que a ella le parece un acto de ostentación tremendamente vulgar. Su vocación por acumular es enfermiza: los armarios de esa casa están repletos de ropa que no se usa, artesanías, peluches, celulares rotos, carteras, abrigos —¡en Miami!—, perfumes nuevos, sombreros, más sombreros, chancletas, cofres rebosados de bisutería, cremas de manos, cremas antiestrías, bronceadores baratos, medicamentos vencidos, equipos de pesca y equipos de buceo guardados en sus bolsas sin abrir.

—¿Lucy? —es Cindy. Habla bajito, como si temiera sacarla de algún trance profundo y causarle un accidente cerebrovascular.

Lucía sacude la cabeza y les dice a los niños que sigan bailando, que mejor ella se va por ahí: a algún bar, o a la playa, para poder trabajar. Y que a la noche quiere ver la coreografía. Guiña un ojo antes de salir, pero no recibe nada a cambio. Cierra la puerta, le tiemblan las manos.

* * * *

La última vez que habló con Pablo sobre algo que no tuviera que ver con ellos, o con los niños, o con los problemas de mantenimiento que empezaba a tener la casa, fue esa vez que discutieron sobre la novela que él estaba escribiendo.

—Acá hay que ser claros —empezó Lucía. El manuscrito descansaba sobre la mesa con papelitos de colores sobresaliendo en algunas hojas—: no disfruto de las ficciones narrativas, no me gustan, no me producen más que un hueco en el estómago que no sé bien cómo llenar.

Pablo la miraba enojado. No había empezado a hablar del libro y ya la miraba enojado.

—No quiero predisponerte —insistió ella.

Él bufó. Fue un bufido infantil: «Pfff». Nunca había escuchado ese sonido salir de su boca y sospechó que marcaba el inicio de algo que estaba incubando en su contra. Algo letal. Podía verlo venir, pero no podía definirlo. Tampoco detenerlo.

—Sólo quiero ser clara en mi juicio —siguió ella—. No soy la típica lectora de novelas: mucho menos de novelas realistas latinoamericanas que se escudan en —dibujó comillas en el aire— «la sugerencia estética» para esquivar la intención política. Yo me pregunto: si la intención es política, ¿por qué no hacerla explícita?, ¿por qué fingir que te caíste en ella accidentalmente, como en una alcantarilla destapada?

En este punto, Lucía sabía que se estaba yendo al carajo, que las cosas que decía se relacionaban muy remotamente con lo que había leído. Simplemente quería decirlas y esa le pareció una buena oportunidad. Así de egoísta era, pensó para sí y se aclaró la garganta.

Pablo se había cruzado de brazos, miraba por la ventana como para distraer su enojo. Lucía hizo lo mismo: afuera todo era rojo. Las hojas de los árboles, la luz de la tarde, los zapatos de las niñas que estaban por cruzar. New Haven era un gran composé. Si te descuidabas, terminabas siendo un punto indistinto en el paisaje frondoso y civilizado que le gustaba tanto a los que iban de visita. Mezclarse en esa ciudad era desaparecer. A Lucía no le molestaba desaparecer. No ahí, en un lugar donde distinguirse era una aspiración hueca. Eran pocos, pero cada uno estaba en lo suyo, hacía lo que hacía; y en casi todos los casos era un hacer menor en cuanto a esfuerzo e inversión. Gracias a ese pequeño aporte funcionaba el conjunto. Un conjunto algo macilento, pero no importaba —«Lucy vive en un pueblo anciano», escuchó a una prima decirle a otra prima—. Ella necesitaba vivir en un lugar donde la mayoría de cosas estuvieran resueltas por otro:

una cadena de otros que, de un modo casi accidental, la incluía. Pablo, en cambio, extrañaba el vértigo, la agonía de lo intransitable. Las calles rotas, la brisa virulenta, los peces muertos a la orilla del mar. La supervivencia tortuosa del individuo sobre la especie.

Al menos eso parecía decir en su novela.

Estaban en un café al que iban antes. Antes de ser padres, antes de ser ellos: gente que se piensa en plural. Quedaba cerca de la sede central de la Universidad de Yale. Lucía lo había citado ahí porque después debían pasar por la muestra de un artista amigo en una galería de la zona. La cara de Pablo le anticipaba que iría sola a la muestra.

Decidió seguir:

—A ver, no me parece que esté mal, pero…

—¿Pero qué?

Pero era la excusa que le servía a Pablo para plantearse asuntos irresueltos. ¿No era mejor ir a un psicólogo?

—Nada —dijo Lucía.

—¿Encontraste algo que te gustara? ¿O tu único consejo es que le prenda fuego?

Sólo los genios prenden fuego a su instrumento, pensó, pero no lo dijo.

—Quizá la leí mal.

—¿Qué?

Se recostó en su silla, trató de parecer relajada.

—Quizá estoy demasiado prejuiciada por tu rollo de haberte ido y querer volver a expiar no sé qué complejo de clase.

—Yo no quiero volver.

—… a lo mejor extrañas a esa noviecita de la universidad —eso intentaba ser un chiste para distender la charla, pero no lo fue. Pablo resopló y volvió a la ventana con los ojos cansados.

Karen Garrido, así se llamaba la novia de la universidad.

¿Qué tenía de especial? Nada. Pero Lucía no se olvidaba del modo en que Pablo se la había descrito cuando ella le preguntó por su prontuario romántico. Era una trigueñita de ojos verdes que se sentaba en el patio central del edificio de Humanidades. Fumaba con gracia y echaba la cabeza hacia atrás cuando se reía. Se reía de cualquier cosa. Pablo la espiaba desde un balcón, apoyado en los codos: la chica usaba unos vestidos claritos de tela hindú y las mismas sandalias mohosas todos los días. Y se hacía trenzas. En su cabeza, Pablo le ponía ropa de marca y le cambiaba esas sandalias de india por unas Reef.

Sería su novia durante toda la carrera, pero seguiría vistiéndose igual. Karen Garrido le haría conocer los moteles baratos y los celos enfermizos. Lo volvería loco con sus besos en la oreja en pleno pasillo de la universidad, y con ese modo de abrazarlo con las piernas como si fuera un luchador. Se cambiaría el color del pelo varias veces, y él preferiría siempre el castaño original, pero nunca se lo diría. La mamá de Pablo la odiaría desde el día uno: empezaría denigrándola con términos solemnes —«casquivana»—, después subiría el tono de su desprecio —«chocho loco»— y terminaría sacándola del apartamento, de los pelos, al grito de «perra sucia». Ya casi hacia el final, cuando Pablo estuviera por irse del país, ella lo llevaría a una playa lejana para despedirse. Comerían pescado, tomarían ron, se echarían en una hamaca, anudados, respirándose hasta el vicio. Él le pediría que se fuera con él. «Jamás de los jamases», sería su respuesta. ¿Por qué? Porque afuera era el limbo, y ella no quería vivir ahí. Después se reiría como siempre, de ese modo teatral que le seguía fascinando a Pablo, hasta la tarde en que se lo contó a Lucía y ella le dijo qué tipa estúpida, qué tipa farsante, qué le viste a esa tipa… Y se convertiría en un chiste, en un nombre que sólo existiría como excusa para reírse de un pasado patético, brumoso e inofensivo.

Pero ese día no tuvo el efecto de siempre. Pablo no se rio. Ella tampoco se rio. Algo se había roto.

Lucía quiso prender un cigarrillo. Perderse en divagaciones.

No fumaba.

Y si fumara, habría tenido que hacerlo en la acera: eso bastaba para disuadirla.

—Pensé que podías hacer una lectura más elevada —dijo Pablo.

—La verdad es que me parece cursi.

—Porque a ti todo lo que tenga que ver con la idea de patria te parece cursi.

—Obvio.

—¿Obvio?

—La sola mención de la palabra me pone los pelos de punta. ¿Qué es esa mierda? ¿Quién nace con la bandera tatuada en la nuca?

Quizá estaba subiendo la voz.

—Hay que aprender a orientarse —dijo después, más calmada.

—¿Orientarse? —dijo él. Su cara era una tormenta de niebla.

Lucía asintió:

—Orientarse, eso importa.

Pablo sacudió la cabeza:

—¿Orientarse dónde?

—En las calles del barrio, el camino al trabajo, los pasillos de la casa… en el cielo que te toca cada mañana. Eso es patria, ahí la tienes.

Los ojos de Pablo la apuntaban brillantes, rencorosos.

—¿Qué barrio? Me he mudado muchas veces.

—Yo también —dijo ella.

—¿Entonces?

Lucía se encogió de hombros:

—La patria es eso que se muda contigo.

El desconcierto de Pablo la conmovió. Bastaba apartar la azucarera del medio de la mesa para llegar a sus manos, retenerlas unos minutos y entregarle algo bueno en ese gesto. Fugaz y silencioso, pero bueno.

Él se cruzó de brazos y pareció hundirse en su estructura ósea, como una tortuga en su caparazón. Y volvió a la ventana.

* * * *

Despierta de su siesta en la playa con un malestar en el estómago. Tiene la *laptop* sobre las piernas, está descargada. Ya debe haber pasado la hora de almorzar. ¿Qué habrán comido los niños? Imagina que Cindy se ha ocupado y siente alivio y culpa al mismo tiempo.

Examina la playa: hay poca gente. Hace días que no ve a los rusos. Ni a David Rodríguez.

Hace días que no ve a nadie.

Tiene la fantasía de que el hotel se ha vaciado y sólo queda ella. Los niños y Cindy también se han ido. Intentaron despertarla, pero no pudieron. La sacudieron, le gritaron, la jalaron de los pelos, y ella siguió durmiendo. Al final Cindy los tomó de las manos y les dijo que se fueran, que era tarde: se acercaba una ola gigante que se los tragaría a todos.

Sube al apartamento y encuentra a Cindy hablando por teléfono; le hace señas a Lucía —mudas, pero exuberantes— para indicarle que los niños duermen la siesta. Los niños, piensa Lucía, nunca duermen la siesta. Abre la puerta del cuarto principal y los encuentra mirando una serie que, vista por encima, no parece apta para su edad. Se echa en la cama con ellos y les pregunta qué comieron. Fríjoles, dicen. Arroz. Puerco. Aguacate. Se alternan para contestar. Y de postre un helado de avellanas.

—Qué maravilla, qué balanceado —dice Lucía. El estómago le ruge.

—Llamó papi —dice Rosa, sin apartar los ojos del televisor—, dice que va a venir.

Lucía suspira y se levanta de la cama.

Afuera, Cindy sigue en el teléfono:

—¡Uf!, parecía que había caído un meteorito en cada esquina… —se ha servido un vaso de algo y está sentada en la barra, piernas cruzadas, uñas de manos y pies pintadas de lila. Le señala a Lucía un plato servido sobre el fogón apagado de la estufa.

Lucía lo agarra y lo mete en el microondas.

15

Rosario, la amiga de la mamá de Pablo que vivía en Barú, era rica de familia. Nadie entendía, mucho menos Pablo a sus nueve años, por qué Rosario vivía en una casa con techo de paja, en una isla donde había que bañarse con totuma. Meredith, que ya entendía más de algunas cosas, les explicó un día que iban rumbo a la casa de Rosario en la lancha colectiva, que ella vivía ahí porque era *hippie*. ¿Cómo sabía eso? La había escuchado hablar unas locuras: «Dios me la chupa», le dijo a su mamá, y ella chitó porque Meredith estaba rondando. Había dejado todo: su familia, su fortuna, y se había mudado sola a la isla sin llevarse más que unas batas gastadas, unas alpargatas y una maleta de libros. «¿Pero por qué?». Pablo seguía sin entender, mientras que Sarakey asentía y daba por concluida la explicación de Meredith. Ellas cambiaron de tema y él tuvo que distraerse con las olas que la lancha destrozaba en gotas microscópicas.

La casa de Rosario era grande y estaba llena de hamacas. Quedaba del lado de la ciénaga, o sea que para ir a la playa, en el extremo opuesto de la isla, había que coger una moto. Como a Pablo no le gustaban ni la playa ni las motos se quedaba ahí, echado en una hamaca, o se ponía a caminar por la orilla de la ciénaga repleta de piedras rotas y bambús. A veces se iban todas: su mamá, sus hermanas, Rosario. Pablo se quedaba a sus anchas y, cuando se aburría de explorar la ciénaga, se ponía a explorar los cajones de Rosario. Había calzones viejos y un solo brasier: estaba nuevo, porque Rosario nunca usaba. Había collares y aretes de caracucha, había cartas en inglés, había fotos de unos niños vestidos todos igualito.

—¿Por qué no hay pescados en la ciénaga? —le preguntó un día Pablo a Rosario, mientras almorzaban. Sus hermanas seguían en la playa, su mamá, después de tomarse unas cervezas, se había ido a hacer la siesta.

Y esa fue la primera vez que Pablo escuchó hablar del canal del Dique. Rosario le dijo que cuando hicieron ese canal se había desprendido mucha tierra del río, y que esa tierra se había puesto dura. Por eso, la bahía de Barbacoas —la que regaba la ciénaga que tenían enfrente— se había reducido y ahora tenía menos oxígeno para que vivieran los pescados. Lo mismo pasaba con los corales y algunas plantas que crecían antes ahí.

—¿Y qué crece entonces?

—No sé —dijo Rosario—, dime tú que eres el explorador.

Crecían unos bichos fascinantes y asquerosos. Unas criaturas que Pablo creía mutantes marinos y unas aguamalas que brillaban de noche y unas algas azules. Crecían cosas que para vivir no necesitaban respirar mucho, sólo un poquito. Y unos mosquitos del tamaño de una pepa de ciruela.

—Ya —Rosario se sonrió. Por esos años lo más bonito de Rosario eran los dientes, que todavía no se le habían puesto color ocre—. ¿Y te gustan?

Pablo asintió. A Pablo le encantaban esas criaturas. Las pinchaba con un palo y casi ni se movían. Quizá porque el agua era espesa como una sopa. Los peces del mar, en cambio, salían disparados apenas uno se acercaba.

Domingo, uno que cortaba el monte, se acercó a la mesa y le dio un cigarrillo a Rosario. Ella fumó y le dijo a Pablo: «Ven acá». Pablo fue y Rosario le sopló el humo bien cerca de la cara, lo que le provocó una tos ahogada e insistente. Domingo le dijo: «Degenerada», y ella contestó: «Un poquito no hace nada». Después presionó la cara de Pablo contra sus tetas blandas debajo del vestido y Pablo aspiró hondo. «¿A qué huelen?», dijo Rosario. «A sal», contestó él.

Esa tarde todavía faltaban uno o dos años para que se empezara la última obra de dragado y ampliación del canal del Dique, que reduciría más la capacidad de la ciénaga. Buena parte de los bichos que vio Pablo en esos años desaparecerían. Rosario le diría a su mamá, en una de sus últimas visitas —meses después se pelearían y dejarían de ir a la isla—, que un día ese canal se iba a romper y se iba a llevar todo por delante. Su mamá diría: «Qué exagerada», pero como distraída, sin escucharla realmente.

Lo que dijo Rosario ocurriría tal cual unas tres décadas después, a menos de un año de que Pablo hubiese estado en Barú con sus hermanas. Un día de lluvia el canal se iba a romper y a desbordar y a causar inundaciones grandiosas. Pablo se enteraría por la televisión, en su casa de New Haven. Miraría el noticiero mientras los niños jugaban a esconderse y a asustarse, a asustarse y a esconderse. Vería cuerpos arrastrados por la corriente, perdiéndose en el mar. Pensaría en Rosario, en los mutantes marinos y en las cenizas de su mamá, sepultadas en esa agua revuelta.

—¡Bu! —gritaría Tomás, atravesándose entre sus ojos y el televisor, con las antenas del Chapulín. Pablo tardaría en reaccionar.

—¡Bu! —gritaría Rosa, y le pegaría un empellón violento a su hermano, que lo haría caerse de boca y romperse un diente.

* * * *

Pablo ordena los papeles del escritorio. Encuentra una carpeta llena de cartulinas de colores. Son los dibujos de los niños. Años de dibujos acumulados en esa carpeta. Se sienta en el sillón a revisarlos. Los de Rosa son mejores que los de Tomás: más definidos y originales. Encuentra uno con un *post-it* amarillo pegado en una esquina de la cartulina: «¡Mandar a enmarcar!». Es la letra de Lucía. Es una orden de Lucía que, ahora recuerda, él desobedeció.

Rosa dibujó una chica delgada con tetas rosadas y pequeñas y, en el medio de las piernas, un pene dorado y gigantesco. Ya en aquel momento, cuando lo trajo a la casa, a él le pareció perturbador, y ahora revive la misma sensación. Lucía, en cambio, se puso eufórica. Encomió el dibujo «trans» de Rosa y le asignó a Pablo la tarea de enmarcarlo. Lo hizo mientras cenaban los cuatro, para que él no pudiera negarse. Esa misma noche, además, anunció con solemnidad que en esa casa se permitirían todo tipo de demostraciones identitarias —frase ante la cual los niños se quedaron perplejos, mirando su plato de espinacas—, y que nadie los presionaría a decidir su orientación sexual. Rosa dijo: «¿Qué?», y Lucía: «¿Saben lo que significa la palabra *gay*?». Pablo tosió, intentó detenerla, pero Rosa habló antes: «No soy *gay*». Lucía alzó la mano y la cortó en seco: «Eso no es asunto de nadie en esta mesa». Rosa insistía, nerviosa, como defendiéndose de alguna acusación: «Pero es que no…». Y Pablo, antes de que Lucía la siguiera embarrando, intervino: «Mejor, mi amor, mucho mejor».

Aquella noche su hija tenía seis años, piensa ahora. Era muy probable que no supiera el significado de la palabra *gay*, ni el de tantas otras palabras inservibles a esa edad. Pero después de ese episodio en el que Lucía la inscribió en su universo como un dogma que se talla en piedra, recibieron algunos llamados del colegio porque Rosa había decidido instruir a sus compañeras en la posibilidad de darse besos entre sí. Fueron llamados tibios, cautelosos, propios de una institución cuya propuesta de avanzada consistía en enseñar a los niños a cultivar huertas orgánicas.

«¿Por qué creen que lo hace?», preguntó la maestra, levemente turbada. Lucía alzo los hombros con despreocupación exagerada y dijo: «Por pura curiosidad». A Pablo le hirvió la sangre: «Por pura curiosidad hay niños que mastican vidrio», dijo, y sintió los ojos de la maestra y de Lucía apuntándolo, como un láser a la frente.

Pablo sacude la cabeza y lamenta no poder volver el tiempo atrás para reaccionar de otra forma. Pero la única forma que se le ocurre ahora es la misma que había reprimido aquella vez: encajarle una trompada a Lucía.

Suena el Skype. El computador está en el escritorio y se apresura a contestar. Se lleva por delante la carpeta de dibujos.

—Mierda —intenta juntarlos, pero algunos se han ido lejos, debajo de la mesa.

Cuando llega al escritorio ya han cortado. Él llama de vuelta y le contesta Tomás: lleva puesta una gorra al revés. Se emociona cuando ve a su hijo en la pantalla, aunque no sabe qué decirle. Siempre le pasa lo mismo: desea verlos, hablarles, llamarlos. Después se paraliza. Las conversaciones terminan siendo escuetas y vacías: ¿Qué hicieron hoy? Nada. ¿Qué comieron? Nada. ¿Me extrañaron?

Tomás ha salido del cuadro sin decir palabra y ahora sólo se ve una parte de la sala, pero sin muebles. Suena una canción de JLo, le parece. O de Shakira.

—¿Hola? —dice Pablo. Pero nadie contesta.

Rosa entra en el cuadro y mueve las caderas a un ritmo frenético. Lo hace muy bien, piensa Pablo. Y se recuesta en la silla del escritorio. Se sonríe. Rosa también se sonríe: sus labios pintados de rojo. Tiene una camisa hawaiana y un bikini debajo. Da vueltas, alza la pierna al estilo del cancán, alza la otra, pega saltitos hacia atrás con los brazos estirados al frente, se palmea la cadera en sintonía con la percusión. Una, dos, tres veces. Y de vuelta el cancán, los saltitos, y así. Pablo se ríe. Está preciosa: alta, bronceada, los pelos rubios de sol.

Pablo aplaude con fuerza, luego silba.

Ahora entra Tomás con su gorra al revés, alza a Rosa, da una vuelta completa y la pone en el piso. Ella ladea la cadera, él le da una palmada y se va. Rosa lanza un beso a la pantalla y dice adiós.

—¡Bravo! —dice Pablo. Escucha risas al fondo, y a Lucía que dice: «Muy bien, muy lindo, ahora a bañarse». Enseguida ve su cara en la pantalla y el pecho le duele. Quiere estar con ellos: abrazarlos hasta que les crujan los huesos. Lucía se ha trasladado con la *laptop* hasta el balcón. Se sienta; a sus espaldas se alcanza a ver un poco de cielo y, más abajo, algo del mar. Está por apagarse el último rato de luz.

—Hola —dice ella.

Pablo no puede hablar, alza la mano y mueve los dedos a modo de saludo. Le parece que se va a quebrar en un llanto vergonzoso y se contiene.

—Ahora que se bañen te vienen a saludar —dice ella y frunce la nariz—: huelen agrio.

Lucía también está bronceada. Ya es bastante morena, pero el sol se le nota en las mejillas coloradas.

—Qué lindos están —dice Pablo.

La puerta del estudio se cierra a sus espaldas. Se pregunta cuándo estuvo abierta. Imagina que Lety entró en el medio del baile de los niños y ahora, al ver a Lucía, se retira.

—¿Dice Rosa que llamaste hoy?

—¿Ah?

—¿No llamaste?

Enmudece.

—Pensaba hacerlo —dice luego—, pero se me adelantaron.

—Ya —dice Lucía. Y, otra vez, un manto de decepción cubre su cara.

—¿Cómo están por ahí?

—Perfecto.

—Qué bueno. ¿Mucho calor? —se siente idiota. La mirada de Lucía refuerza esa sensación.

—Sí. Es verano. Es Miami —ahora suena molesta.

Él cambia de tema:

—Le di a leer a Lety la novela —conversar con Lucía se ha vuelto eso: ir tanteando, virando el timón, pisando huevos. Buscar la reacción menos explosiva.

—¿Y?

Pablo se ríe. Su risa suena forzada:

—No sé.

Lucía se acomoda en la silla y se recoge el pelo en un moño. Desvía la mirada. ¿Hacia dónde? Pablo no sabe. A lo mejor encontró algo que le generó más interés que él. El vacío.

—Estuve pensando en tu novela —dice después y mira la pantalla—. Se me ocurrió algo.

—Ah, ¿sí? ¿Qué?

—Que el malo no tenga piernas.

Pablo suelta una carcajada. Lucía le dice que habla en serio:

—Tienes que darle algún rasgo distintivo, no puede ser un tipo rico, poderoso y malvado. Es una caricatura. Yo le sacaría las piernas.

—¿En serio? —él la mira y le cuesta creer lo que escucha. No tanto por lo que escucha, sino por cómo se lo dice: como si estuviera genuinamente interesada en ayudarlo.

—Que las haya perdido en un accidente de tránsito, por ejemplo. Y que tenga unas prótesis de titanio: unas piernas tipo biónicas. Las alemanas son las mejores.

—¿Alemanas? —Pablo se pregunta de dónde sacó semejante cosa. Lo divierte. Quizá lo use.

—Es un país con una larga tradición de tullidos. Mucha guerra, o sea, mucho amputado.

Lucía se levanta de la silla:

—Vengan acá —llama a los niños—, vengan a saludar a papi.

* * * *

123

De la ciénaga salía humo. Pero no era humo, le explicaba Sarakey a Drika —una de las holandesas que habían conocido en la tarde—, sino luz. Porque en esa parte de la ciénaga el plancton era fosforescente y el agua brillaba iluminando las partículas de polvo suspendidas en el aire que, vistas en su conjunto, daban la apariencia de humo. O de niebla. Pero no era nada de eso. Era luz.

—Casi todo lo que vemos —le decía Sarakey en un murmullo misterioso— es luz. La luz puede cobrar formas infinitas. Nuestra materia, nuestra existencia… Todo es cuestión de luz.

Estaban sentadas en un muelle maltrecho, clavado en el agua.

Por encima de sus cabezas, lejos, podía verse el fuerte de San Fernando con una antorcha encendida en la cima. Pablo las escuchaba desde una hamaca que colgaba entre dos vigas de la galería contigua al muelle. El agua estaba tan cerca que era un milagro que ese hostal, hecho de madera y palmas, no se hubiese podrido y venido abajo.

Las otras dos holandesas dormían adentro, en un catre: los pelos rubios pegados al cráneo.

Antes, cuando él y Sarakey se disponían a abandonar la playa porque había oscurecido, las holandesas se levantaron y los siguieron. Todos fueron a parar a esa posada ecológica donde Sarakey se quedaba cada vez que iba a la isla. Sarakey iba mucho a la isla últimamente por el asunto ese del hotel, que ahora le explicaba a Drika como si fuera un tema trascendental para la supervivencia de todas las especies del planeta. Decía cosas como: «Escúchame bien, amiga: estamos en un momento crucial». O: «¿Quieres saber algo? Nos debemos un mejor futuro». Pero después no desarrollaba, dejaba la frase suelta, como un eslogan que se apresa y se abandona en el mismo instante.

Pablo no entendía el plural. ¿Sarakey hablaba por un grupo al cual pertenecía? ¿Hablaba por la humanidad? ¿Hablaba por todas las voces que la habitaban?

—Lo más fácil sería irnos —decía ahora—: abandonar todo, entregarse a una vida cómoda e individualista, donde te cagas encima de puro aburrimiento y te hartas de tu mujer y de tus hijos y de tu barrio y de tus vecinos y de ti mismo, pero culpas al sistema que te oprime. ¡Oh! —Sarakey hizo temblar sus manos, palmas hacia el piso, simulando ser un individuo oprimido. O un anciano con Parkinson.

—Oh... —repitió Drika, ajena a cualquier ironía.

—Yo no —siguió Sarakey—, antes que eso, me quemo viva.

Pablo quiso levantarse, sacudir a su hermana y gritarle palabras que la hirieran: resentida, vacua, ilusa. En lugar de eso se sentó en la hamaca y se tocó la nuca transpirada.

Tenía sed.

Se frotó los ojos todavía encandilados por el sol de la tarde, que rebotaba en esa arena blanca y ardiente como hielo seco. Se sentía un poco afiebrado y molesto; cuando llegaron al hostal se bajó él solo una jarra de jugo de tamarindo. Pidió más. Las holandesas y Sarakey pidieron cervezas y se hicieron cortar unos mangos verdes con sal y limón. La cantidad de alcohol que se consumía por ahí era abrumadora, pero comprensible. Bastaba mirar alrededor para querer sumarle un *blur* a la vista. Gente gastada y desgastada, perros flacos atragantándose con espinas de pescado y turistas de tercera, como las holandesas, que no paraban de atribuirle a ese paisaje pobre y primitivo la categoría de «pintoresco». Negros pobres haciendo morisquetas: «pintoresco». Al fondo el mar Caribe, cristalino y prometedor. La verdad era que a Pablo le costaba hacerse una opinión propia sobre ese lugar —¿su lugar?—; también le costaba sentir lástima por sus moradores. Quizá porque no se sentía tan distinto a ellos, ni más ni menos afortunado que ellos. Pensaba que bien podría abandonarse ahí a curtirse con el paso de los días, a mirar cómo la mañana se hacía tarde y la tarde noche en el mismo tiempo que cabía en un siglo.

Miró los mangles espesos al fondo.

Espantó un bicho que le zumbaba muy cerca de la cara.

Había perdido el hilo de la conversación de Sarakey y, cuando la retomó, la escuchó decir que estaba en contacto con un biólogo marino que vivía en Maine —¿Maine?— que estaba dispuesto a venir para reunirse con el gobernador, con el presidente y con quien hiciera falta, para mostrarle las consecuencias de ese proyecto nefasto.

El biólogo se la quería culear, era obvio.

Drika, con una mano en el hombro de su hermana, le preguntaba en su pésimo español que qué podía hacer, y que su tío conocía gente en Greenpeace.

Drika también se la quería culear.

—Greenpeace es una mierda —escupió Sarakey, en ese tono ronco que había estado criando desde niña.

Después se levantó, se soltó el pelo mojado y lo sacudió. Se sacó la camiseta y el *short* y se tiró a la ciénaga: el agua brillante hizo unos remolinos espectaculares. Drika la miró como hipnotizada, luego la imitó. Cuando estuvo adentro la abrazó por la espalda. Le besó el cuello y le dio la vuelta. Abrió la boca grande y le mordió los labios en un gesto salvaje.

16

Alguien la agarra del cuello. Los dedos son fríos y ásperos. Lucía se da vuelta: descubre a David Rodríguez —camiseta fucsia, cuello en v, ajustada en los pectorales—. Él retira las manos. Ella ve venir a Tomás y a Rosa con sus platos servidos. Los ve sentarse en silencio mientras miran a David Rodríguez que ya no lleva muletas, sólo una bota ortopédica que recubre el yeso.

—Hola —los saluda él.

—Hola —contesta Rosa y sonríe.

Tomás no dice nada. Pincha pedazos de queso feta con el tenedor, pero no se los come.

—Que tengas buen día —le dice Lucía.

Él inclina la cabeza y se saca un sombrero imaginario. Da unos pasos hacia atrás todavía mirándola. Después se da vuelta y se ubica en una mesa larga, en una esquina del salón. Lo esperan dos jovencitos con lentes de sol. Se acercan ahora unas muchachas con vestidos playeros diminutos y el bikini debajo: una se le cuelga del cuello y lo besa en la boca. Él le pone la mano en una nalga. Es una negra con lentes de contacto azules y pelo trenzado color castaño.

—¿Por qué te saludó? —dice Tomás.

Rosa mastica cubos de atún rojo y contesta con la boca llena:

—Porque el otro día nos tomamos una foto con él.

Lucía asiente.

—Come —le dice a Tomás—, así nos vamos a la playa.

—No quiero ir a la playa.

—¿Dónde está tu libro?

Tomás se encoge de hombros.

—¿Ya terminaste la historia?

—¿Qué historia? No hay ninguna historia.

* * * *

La primera vez que fueron al apartamento de Miami tuvieron que huir. Los papás de Lucía llegaron de sorpresa y debieron compartir ese espacio reducido como si fueran una gran familia. La comodidad del lugar se agotaba pronto: tenía dos cuartos amplios, cada uno con su baño. Al principio la sala, el comedor y la cocina eran un solo ambiente porque todavía no habían puesto la barra que los separaría. Había una segunda mesa en el balcón; a Lucía y a Pablo les gustaba desayunar ahí, aunque antes debían sacarle de encima unos treinta y dos pequeñísimos cactus y tres ceniceros inexplicables en una casa donde nadie fumaba.

Cuando llegaron los papás de Lucía, los desayunos pasaron al comedor de adentro con la presencia de todos, incluida Cindy, que con los dueños de casa se enfervorizaba aún más y había que empezar el día oyéndole la risa estrepitosa. Los bebés se descontrolaban y se embutían esa comida gorda y pesada que llevaban los abuelos —*bagels* con *sour cream* y huevos de pescado; jamones de Bar-S Foods embutidos en tortillas rancias; nachos bañados en queso fundido.

—¡Puaj! —Tomás había aprendido a expresar el asco por esos días.

Después de masticar las cosas, las escupía y las restregaba por el piso, las paredes, los sillones. Rosa lo imitaba. ¿Y los abuelos qué hacían? Aplaudir. ¿Y después? Darles más comida.

La mamá de Lucía se calzaba el bikini a primera hora de la mañana y se paseaba semidesnuda por el apartamento; los demás tenían que soportar la sobreexposición de su cuerpo viejo, sus pellejos sueltos y esas manchas ovaladas y oscuras bajo la piel delgada, como cucarachas atrapadas.

128

La tercera mañana Pablo tomó a Lucía por el brazo y la sacó del apartamento hacia el pasillo. Le propuso que se fueran. «¿Adónde?». No importaba. Tomarían sus bolsos y sus hijos, se subirían al auto y se alejarían. Pablo le hablaba de un modo que la hacía pensar que eran un par de jovencitos alocados en busca de una playa lejana para drogarse desnudos. No eran eso.

—¿Pero adónde? —insistió Lucía.

Pablo resopló.

Manejaron cerca de tres horas hacia el norte y llegaron a una playa agreste y modesta —sin hoteles, sin servicios, sin sombrillas. La primera línea frente al mar quedaba a unos quinientos metros de distancia y era una hilera de *beach houses* de colores pasteles y fachadas *art déco*. Tenían pequeños antejardines con sus barbacoas encendidas. Había salchichas humeantes y viejos y viejas que fumaban al sol.

Se bajaron del auto. Lucía alzo a Tomás y Pablo a Rosa. Caminaron hasta que se acabaron las casas y empezó un monte crecido, que impedía ver qué había detrás. Los niños se durmieron. «¿Adónde vamos?», le decía ella. Pablo no sabía, pero quería seguir. «¿Pero qué estás buscando?». «Algo». Lucía dejó de caminar, sacó una lona del bolso, la extendió en la arena y acostó a Tomás, después a Rosa. «Busca solo», le dijo, «me cansé». Pero él también se echó al piso y dijo que seguirían después. «¿Seguir qué? ¿Después cuándo?». Sin mirarla repitió que después, algún día, y abrió la neverita de las cervezas.

No muy lejos había una pareja de viejos sentados en sillas plegables. Ella llevaba un turbante de colores; él, una bermuda escocesa y un costado del torso hundido, como si le faltaran las costillas. Saludaron. Pablo les ofreció un par de cervezas que aceptaron gustosos. Lucía se bajó la mitad de la suya en un buche largo: esa noche tampoco podría amamantar a los niños. Tendría que esperar a la mañana, cuando su leche ya no estuviera intoxicada. Los viejos demoraron la cerveza hasta que empezó a oscurecer y aparecieron unos señores y señoras con ukeleles. Se conocieron por un grupo en internet de aficionados al ukelele y decidieron reunirse, dijeron. Y ahí estaban, con sus collares de neón formando un círculo alrededor del fuego, tocando baladas.

Cuando los niños se despertaron era casi de noche. Estaban transpirados, así que Lucía les sacó la ropa y los dejó en pañal. Caminaban dando tumbos, todavía no estaban muy firmes en el paso. Tomás se unió a la ronda de ukeleles y una señora le puso un collar. Rosa lo imitó, también tuvo su collar y caminó rodeándolos hasta que se mareó y fue a dar al piso. Lucía se paró a buscarla, temía que tragara mucha arena, pero estaba tan oscuro que cuando llegó a la ronda no vio más que los collares de los músicos flotando en el vacío como una guirnalda de luciérnagas. Sus hijos no estaban. Esta gente cantaba *Sandy Beach* en un tono demasiado alto y no escuchaba más que sus propios aullidos roncos, al borde de la asfixia.

Lucía insistió:

—¿Los niños?

Nadie contestaba. Caminó entre ellos, esquivando esa oscuridad voluminosa, temiendo tropezarse con algo, caerse y perder tiempo en levantarse del piso para volver a encaminarse. Se dio vuelta y buscó a Pablo, tampoco estaba. Buscó a los viejos y entonces los vio a todos. Pablo les daba charla: habían sacado una lámpara de campamento que los iluminaba muy poco, pero lo suficiente para verles las caras sonrientes y relajadas. Los niños corrían a un costado y el efecto de los collares sobre el negro de la noche iba dejando halos de luz. Se caían, se levantaban. Brillaban y se apagaban.

—Linda familia —le dijo la vieja de turbante cuando ella se les unió.

Lucía asintió. Las gotas de sudor frío le poblaban la frente y no podía secarse porque ahora tenía a un niño en cada brazo; cuatro piernas enganchadas en sus caderas, apresándola.

—Gracias por la cerveza —dijo el viejo. Después plegaron sus sillas, prendieron una linterna, sonrieron con sus dientes manchados, exhibidos sin pudor. Caminaron rumbo al puente de madera que cruzaba el monte y desembocaba, supuso, en la carretera. Lucía los miró hasta que se zambulleron en el puente. Imaginó sus pasos más allá de su visual. Se volvió hacia Pablo para decirle algo de los viejos: algo del olor a mugre que tenían, de la parsimonia con la que se tomaron la cerveza y se pusieron las chancletas y plegaron esas sillitas enclenques. ¿Tendrían casa? ¿Tendrían cena? Pablo se había vuelto a la lona: la cabeza apoyada en un bulto de toallas, los ojos perdidos en el cielo.

* * * *

Llevan media hora en la playa y ese tiempo alcanzó, escasamente, para ubicarse en una sombrilla, descargar las cosas y ponerles a los niños una capa gruesa de protector solar.

Se escuchan risas perdiéndose en el aire.

Lucía se da vuelta para ver de dónde vienen y descubre al grupo de amigos de David Rodríguez en una sombrilla cercana. Recién llegan: ahora hay otra pareja y un niño con afro y auriculares gigantescos. La novia de David Rodríguez se saca el vestido, lleva puesto un hilo dental. Tiene un culo de calendario.

—¿Por qué lo miras? —Tomás se le para enfrente.

Hacía segundos estaba con Rosa cavando un hueco en la orilla del mar.

—¿A quién?

—No me gustan los negros.

Lucía se levanta de la silla y lo toma de la mano.

—Vamos, quiero darme un chapuzón.

Tomás se zafa.

Lucía pasa por el lado de Rosa, que sigue cavando, y se adentra en el agua que está tibia y clara. Pisa algunas algas.

Avanza un poco más y se sumerge. Cuando saca la cabeza el sol la encandila. Una avioneta atraviesa el cielo arrastrando una estola blanca cuyo texto no alcanza a leer.

Imagina que son aviones de guerra en una maniobra distractora.

Imagina que lanzan una bola de fuego que apaga el mar.

Y luego otra que incendia el mundo.

Todo estalla.

El aire huele bien. A sal. Cierra los ojos, se sumerge por unos segundos largos en los que alcanza a olvidarse de sus hijos. Piensa en algo placentero: uvas verdes sin semilla. Masticar sin miedo una tras otra. Vuelve a la superficie y mira la costa para ubicarlos. Rosa cava. Tomás está de pie, mirándola a ella.

—¡No me gustan los negros! —grita.

Varias cabezas se vuelven a mirarlo. Rosa se levanta, intenta taparle la boca a su hermano, pero él la esquiva y sigue mirando a Lucía, desafiante. Ella viene saliendo, trata de avanzar rápido. Pisa algas, pisa piedras, y en la orilla estira un brazo para agarrar a Tomás y sacudirlo por los hombros. No llega a hacerlo porque mete un pie en el hueco de Rosa y se cae. Tomás corre, ella se levanta y lo persigue. Cuando consigue agarrarlo, lo toma fuerte por los hombros y se agacha frente a él. Tomás respira enojado: los ojos acuosos, encendidos de furia, le recuerdan a los suyos.

—¡Qué! —una estampida de lágrimas.

Ella no sabe qué decirle.

Suena el teléfono. Pablo acaba de sentarse frente al computador con un café descafeinado en la mano; el otro lo tiene prohibido.

Esa mañana, el teléfono había sonado varias veces. Era improbable que fuese Lucía, así que Pablo le pidió a Lety que lo dejara timbrar. La segunda vez, Lety se impacientó, se trasladó hasta el aparato pero llegó tarde: «Aló». No había nadie del otro lado.

Después de desayunar, le sugirió a Lety que saliera a dar una vuelta; le indicó dónde podía encontrar un casino y lugares para tomar el té. Ella se mostró reticente: cómo lo iba dejar así, solo y sin comida. «La nevera se derrama de comida, tía». Ella apretó los labios, como evaluando la situación, y subió a bañarse. Media hora después bajó vestida y perfumada como para una boda.

Así que ahora, por fin, Pablo está solo en su casa.

No sabe muy bien qué hacer.

El teléfono vuelve a sonar y contesta. Es Ómar, su jefe, le dice que lo quiere ver y que prefiere no adelantarle nada por ese medio. Pablo le dice que no se siente bien, que si no puede esperar.

—No —dice. Y que él pasa más tarde por su casa.

El tipo es un idiota. Hijo de hispanos, pero gringo hasta la médula. Cuadrado, mojigato, obtuso. Jamás podría construir algún tipo de complicidad con él, por lo que, seguramente, la reunión de hoy termine muy mal. Pablo cuelga el teléfono con una pesadez horrorosa, pensando que debe quitarse la bata, afeitarse, ponerse una camisa.

* * * *

Casi siempre se veían en moteles. La noche del episodio, Pablo y Elisa habían estado varias horas encerrados en un cuarto que tenía un *jacuzzi* con forma de ostra. Ella había llevado un pequeño portafolio plateado que contenía una sorpresa. La cocaína no era una sorpresa —últimamente, Elisa siempre cargaba un sobre en la cartera de cosméticos—, pero sí los papelitos de colores que le puso debajo de la lengua.

La última vez que Elisa le anunció una sorpresa, se apareció con una japonesa. Dijo que era una alumna, y que a veces intercambiaban servicios. Después de eso guiñó un ojo y Pablo no entendió del todo a qué se refería, hasta que la chica se desnudó y empezó a contonearse como una bailarina profesional al son de una danza morisca. Sólo que no había música. La chica también lo desnudó a él, le enterró los dedos en los nudos de la espalda y le tapó los ojos con un trapo. Todo el asunto habría durado una hora, pero Pablo terminó con taquicardia. Le dolía cada músculo del cuerpo porque la japonesa lo había hecho penetrarla ciego y en posiciones inimaginables. Elisa casi no participó, salvo para sostenerle el pelo a la chica —que era negro, largo y muy brilloso—, mientras engullía como un animal las partes más sensibles del cuerpo de Pablo. Le metió la lengua en lugares insólitos y, más que excitarlo, la recordaba como una experiencia angustiante.

Habrían pasado dos meses de aquella sorpresa cuando Pablo vio a la japonesa en el estacionamiento del supermercado con un tipo que parecía ser su marido y una niña igual a ella. «¿Estás sudando?», le dijo Lucía al rato, ya en el supermercado, en un tono casi acusatorio —lo cual era absurdo, porque Pablo se cuidó bien de no cruzarse a la mujer adentro—; y al no encontrar ninguna disculpa para justificar su transpiración, Pablo decidió enojarse: «¿Y eso está mal?, ¿es un delito?». Lucía le torció los ojos y embutió un montón de zanahorias en una bolsa.

El caso es que fue un alivio ver llegar a Elisa acompañada sólo por su lonchera plateada y su barrilete de ácidos.

Elisa había conectado un *pendrive* al equipo de la habitación y ahora sonaba la música de *El Padrino* en una versión instrumental bastante mala. Antes habían sonado las bandas sonoras de otras películas, todas violentas o de la mafia. Era una de las *playlist* que usaba para sus clases:

—Las hace Dany —le dijo—: las *playlists*. Él ama esas pelis.

Estaban en el *jacuzzi* y Elisa le encajó un pie en el medio de las piernas. Él no sintió nada. O sí, pero no ahí, ni por culpa del pie. Sentía una euforia contenida en el cuerpo que podía estallar en carcajadas o en lágrimas indistintamente.

—Tu hijo es un *freak* —le dijo Pablo.

Elisa presionó con el pie y él se quejó. Ahora le dolía.

Cuando salieron del jacuzzi se echaron en la cama con unas batas blancas que olían a cloro. A eso de las siete Pablo se paró a revisar los mensajes en el celular. Lucía le decía que la cena se había cancelado y que ella se quedaría en la biblioteca hasta tarde. Que mejor cenara por fuera. La respuesta de Pablo fue el mismo bufido que largaba ante todo lo que le decía Lucía últimamente: «Pfff».

Elisa revisaba su teléfono en la cama, acostada bocarriba; la sábana cubriéndole hasta el ombligo. Pablo flexionó las rodillas para agarrar impulso y pegó un salto. Cayó encima de Elisa, la aplastó con la barriga, la golpeó con los codos filosos en la cara. Ella lo tiró al piso, enojada.

—¡La puta que te parió!

Pero en el medio de los gritos, los dos soltaron una carcajada inexplicable.

Pablo tenía otro mensaje. Lo miró echado en la alfombra caqui de rombos color mostaza, sintiendo esa textura rugosa en la piel desnuda de su espalda. Mientras lo leía escuchaba a Elisa decir algo sobre una clase particular a la que había faltado, y que la «descerebrada» de la alumna le había inundado la casilla de mensajes. Mejor se iba antes de que Gonzalo llegara y empezara a hurgar en su agenda.

El mensaje: «Profe, hoy es mi *Bday*. Lo espero. K. J.».

—¿Vamos? —Elisa estaba en la puerta, cartera al hombro. Se aplastaba el pelo aceitoso con las manos como queriendo borrar sus huellas; pero el problema no era el pelo sino los ojos desorbitados, colmados de exceso. En general, salían juntos del motel y él se bajaba unas cuadras antes.

—Me voy a quedar un rato más —le dijo Pablo. Pensó que estaría bien llevarle un regalo a K. J. Un regalo en serio. Recordó que hacía un año, después de su primer encuentro en la estación, ella se había acercado al final de la clase para invitarlo, también, a su cumpleaños. A él le pareció sorpresivo y disparatado, y le dijo que gracias, pero que tenía planes. Después buscó en su maletín y sacó un lapicero que Rosa le había regalado el Día del Padre. Era rosado, estampado con fresas diminutas, y la tinta, de color morado, despedía un olor empalagoso. «Feliz cumpleaños», le dijo Pablo y le extendió el lapicero, que ella tomó con ambas manos, con la emoción de quien recibe un lujoso anillo de diamantes.

Elisa volvió a reírse, pero él no se movió.

—¿En serio te quedas? —le dijo. La cara huesuda, como esculpida con un cincel. Los labios pálidos, la lengua gruesa. Entre eso y una yonqui de suburbio había un trecho corto.

—¿Qué le regalo a una adolescente? —le preguntó Pablo.

—¿Ah?

—¿Qué le puede gustar a una chica de… —no estaba seguro de cuántos cumplía— dieciséis o diecisiete años?

Elisa permanecía con la boca abierta, indignada:

—Que le chupen la concha.

Kelly Jane tenía una hermana de unos once o doce años. Fue ella quien le abrió a Pablo y lo hizo pasar a una sala atestada de muebles y manteles tejidos en croché, dispuestos sobre mesitas auxiliares repletas de adornos —una combinación de santos, artesanías y baratijas chinas—. Después atravesó un pasillo estrecho con un montón de fotos de familia en las paredes: personas sonrientes en una boda, en un bautismo, en Disney. Ahí sintió el primer mareo.

—¿Qué le puedo ofrecer, profesor? —la mamá de Kelly Jane lo abordó ya en el patio, adonde había llegado casi arrastrando los pies. La mujer sostenía una bandeja con un plato bien servido de mofongo y ensalada.

—Agua, por favor.

La boca seca. Se preguntó si su aspecto sería parecido al de Elisa.

Hizo un paneo por el patio: era pequeño. Contra la pared de fondo, ocupando casi todo el espacio, había una cama elástica. Los chicos saltaban, se elevaban muy alto, y era lindo ver sus cuerpos en ese momento brevísimo en que parecían quedarse suspendidos en el aire.

Una corriente de calor le subió por el cuerpo.

Vio venir a Kelly Jane con su ristra de dientes y una falda a cuadros, como de colegiala. Más atrás venía la madre con el vaso de agua. La madre era parecida a la hija, pero más atractiva. Tenía un pantalón blanco y un *body* de encaje.

¿Dónde estaba el padre? No había padre.

La madre le dio el vaso de agua al tiempo que Kelly Jane lo saludaba con un beso en la mejilla. Dijo que gracias, profe, muy amable de su parte, y otras frases predecibles.

Volvió el mareo. Pablo vio a las dos mujeres un poco desdibujadas, mostrándole un gesto de confusión idéntico. Entró a la casa, volvió a atravesar el pasillo y encontró a la hermanita en la sala. Ahora le pareció más chica, se había puesto —o quizá ya lo tenía antes y él recién lo notaba— un moño rosado en el pelo, como de muñeca; si no se movía, podía confundirse con los adornos de la sala.

—¿Dónde está el baño? —le preguntó. Y la niña señaló una puerta. Pablo entró y se arrodilló frente al inodoro con el objetivo de meterse el dedo en la garganta y vomitar. Pero casi enseguida alguien tocó la puerta:

—Profesor, ¿está bien?

Era Kelly Jane. O su madre. O su hermanita.

—¿Profesor?

Se levantó del piso y abrió el grifo para lavarse las manos.

—Estoy bien, ya salgo.

Pero la mamá de Kelly Jane abrió la puerta, entró y la volvió a cerrar a sus espaldas. Cuando la tuvo enfrente no supo interpretar su cara. Habría sabido interpretarla, con suerte, si se hubiese tratado de la hija. Conocía su cara de ausencia, que era la de todos los días en el salón de clases. Y conocía la cara que acompañaba a la risita tonta que dejaba escapar ante los chistes que él le hacía en los pasillos. Recordaba bien la cara de zorrita que ponía las veces que él se animaba a llevarla hasta la puerta de su casa —esa misma casa donde estaba ahora… ¿atrapado?— y demoraba el momento de salir del auto entreabriendo las piernas, como invitándolo a explorar. Y las veces que fueron a tomar algo después del colegio —él, cerveza; ella, un *latte* regular dulcísimo hasta el asco— no hizo ninguna cara distinta a la de escucharlo atenta mientras él hablaba de su isla imaginaria y sus bichos refulgentes, para luego hacerle preguntas estupidísimas que reafirmaban su desesperanza y sus ganas de agarrar un bate y golpearle repetidamente la cabeza, hasta ver el papel tapiz teñido de sangre.

—¿Seguro que se siente bien? —dijo la mamá de Kelly Jane. Pablo sintió su aliento caliente y el roce de sus pechos contra la camisa. Pudo detallar el maquillaje grueso y los ojos hiperdelineados.

—Perfecto —dijo él.

Y era cierto: sintió una adrenalina repentina que lo llevó a apartar a la mujer y salir del baño, correr hasta el patio, trepar de un brinco en la cama elástica, elevar sus brazos hacia la luna creciente y saltar, saltar, saltar.

* * * *

Todas las veces que habló con Ómar tuvo la sensación de estar frente a un padre que alecciona a sus pequeños. O un pastor a sus feligreses. Debe ser bastante más joven que él.

Ómar se ha sentado en el sillón de la sala y ahora cruza una pierna sobre la rodilla. Parece inspeccionar el entorno.

En la oficina de Ómar no hay un solo detalle latinoamericano en la decoración, más bien hay un esfuerzo por generar un ambiente ascético. Tiene muy pocas cosas sobre el escritorio, y en todo el cuarto lo que más llama la atención —al menos la de Pablo— es un parlante en un estante de la biblioteca, a sus espaldas, que tiene el grueso de una lámina. Parece de platino. Parece carísimo. Y el tipo lo ensucia todos los días escuchando a Elton John.

«Si te gusta tanto, cómprate uno», le dijo Lucía cuando él le mencionó el parlante, pero no como un objeto de deseo, sino como un dato que le servía para caracterizar a su jefe. ¿Y por qué le hablaba de su jefe? Porque ¿de qué más le iba a hablar? Estaban atrapados en el auto, rumbo a un acto de los niños en la escuela. «No me gusta *tanto*», replicó él, «además, el comentario apuntaba a otra cosa». Y Lucía le salió con que él tenía la misma mentalidad limitada de su familia. «¿Qué mierda dices?», Pablo estaba turbado. Lucía, incisiva: «¿Por qué no puedes comprártelo?». «Porque no». «¿Es muy caro?». «Supongo». «¿Cuánto es muy caro?». «Yo qué sé».

—¿Quieres tomar algo? —Pablo está de pie, frente al sillón.

Ómar tiene la nariz un poco desviada y una papada importante. Tiene la camisa encajada y un saco azul que brilla de barato. El mal gusto para la ropa es el último rasgo de pobreza que se va. A veces no se va. Casi todos los profesores de la secundaria son de ascendencia latina: hijos de técnicos, plomeros, sirvientas, cajeras de supermercado. Haber accedido a la educación, a diferencia de sus padres, no los hace menos rústicos, sino todo lo contrario. No los ayuda ser marrones, piensa Pablo —y piensa en sí mismo, en su mamá y sus hermanas, incluso en Lucía—. Ser negro rinde más. Un hombre marrón es un hombre lavado, que se quedó a medio camino de la identidad. No se puede construir una identidad poderosa siendo marrón. Recuerda un texto que pidió a sus alumnos de primer año sobre los colores. A quienes les tocó el marrón fueron despiadados —no por mérito propio, bastaba googlear «color marrón» para encontrar todas las citas que copiaron—:

El marrón resulta de la mezcla de muchos colores: rojo y verde; violeta y amarillo; azul y naranja; rojo, amarillo y azul. Más que un color en sí, el marrón es una mezcla de colores, lo que le resta identidad propia, personalidad y carácter.

Otro decía:

El marrón es el color de la suciedad y los excrementos, el color de lo podrido, el color de lo marchito, el color de las personas ordinarias y mediocres, por eso el dueño *looser* de Snoopy se llama Charlie Brown.

Y otro:

El marrón hace que cualquier otro color a su lado pierda su fuerza: al lado del marrón, el rojo se apaga, el azul pierde su claridad y el amarillo su luz.

Agua. Eso es todo lo que quiere Ómar.

Pablo mataría por un whisky, y no tendría ningún pudor en servírselo frente a Ómar, pero teme por su corazón. Pone en la mesa de centro los dos vasos de agua que sirvió del grifo, y se sienta en un silloncito escandinavo que compró Lucía en una feria de diseño meses atrás. Cuando lo puso en ese rincón, se alejó unos pasos para mirarlo y se decepcionó enseguida: «Todo lo que entra en esta casa se afea».

—¿Qué piensas hacer?

Ómar lo encara con su peinado de raya al costado, y la misma mirada condescendiente que le ha visto propinarles a sus alumnos conflictivos. Los alumnos no suelen contestarle, sólo bajan la cabeza y aprietan la mandíbula.

—¿Tienes algo para decirme? —sigue Ómar.

Él no contesta.

—¿Tienes alguna versión que contradiga la que circula en el colegio?

—Primero tendría que conocer la versión que circula en el colegio —dice Pablo.

Se bañó con agua muy caliente y ahora se siente sofocado.

Se lavó con jabón quirúrgico el pequeño orificio que le había hecho el cirujano en la ingle, por el que metió el catéter y el alambre y antes le inyectó un líquido para resaltar el flujo sanguíneo en las arterias y detectar cualquier bloqueo en el camino hacia su corazón. Estuvo despierto durante casi todo el procedimiento y, hacia el final, a lo mejor por la tensión, se durmió. Cuando se despertó casi no recordaba nada. Ahora, mientras mira la boca de Ómar moverse, recuerda el procedimiento con la nitidez de una película que transcurre frente a sus ojos: las arterias ilumi-

nadas en la pantalla y ese alambre que viajaba por sus venas, como el tentáculo de un animal hambriento, pero
cauto. En el extremo del alambre, le explicaba el cirujano
mientras lo maniobraba, estaba el globito que al llegar al
bloqueo se inflaba «pop» y abría el vaso «pop-pop» y res-
tablecía la circulación.

—¿Qué pasó esa noche? —pregunta Ómar y descruza
las piernas, adelanta el torso, entrelaza sus manos. Luego
baja la cabeza. Pega el mentón al pecho, como si quisiera
estirar las cervicales—. Pablo, no tengo que decirte que
estás metido en un problema serio.

—No le toqué un pelo —dice Pablo.

Ómar se ríe.

—Te lo juro —insiste y se arrepiente. Jurar es rogar.

—¿Te parece que eso es algo que yo querría saber?
No entiende.

—No entiendo.

Ómar vuelve a acomodarse. Se pasa la mano por el
pelo. En las mejillas tiene huecos de granos antiguos, en
general casi imperceptibles, pero la luz de la lámpara le
está pegando en un sector que los magnifica.

—Piensa que estoy acá con una venda en los ojos, la
balanza en una mano y la espada en la otra, como Temis
—Ómar se sonríe.

Pablo se lleva el vaso a los labios. Quiere ocultar el
gesto que podría surgirle a partir de la comparación que
hace Ómar de sí mismo con una diosa griega.

—… te estoy dando la oportunidad de que me cuen-
tes tu versión de los hechos, porque todo hecho necesita
dos versiones. ¿Por qué? Porque es lo correcto. No porque
eso vaya a salvar tu trabajo.

¿De dónde era Ómar? Madre guatemalteca, padre
desconocido.

—¿Perdí mi trabajo?

—Pablo… vamos por partes.

—¿Perdí mi trabajo? —repite.

Ómar resopla y después asiente despacio. Ahora es Pablo quien se ríe. Son los nervios.

—Supongo que te importa un bledo —dice Ómar, una ceja alzada, la otra aplastándole el párpado en un pliegue gordo.

Un bledo: le hace gracia.

—Un bledo —repite Pablo.

Ómar se levanta y se acomoda el saco. Un vendedor de tapetes, eso parece.

—Lo lamento —y le extiende la mano.

Pablo piensa que en la cara de Ómar está a punto de estallar una sonrisa, pero la contiene. Piensa que le caería un poco mejor si no la contuviera. Se levanta con algo de dificultad, se marea un poco, pero lo disimula; estrecha la mano de Ómar: blanda, tibia, poco fiable.

Le muestra el camino hacia la puerta de salida, mientras siente que su pulso se acelera.

Acaba de perder su trabajo.

Es probable que también haya perdido a su familia.

¿Guatemala qué ganó?

—Estás pálido —le dice Ómar, ya en la puerta. Ahora arquea ambas cejas en señal de preocupación—, ¿necesitas algo?

Pablo niega. El cuerpo tenso y dolorido. Una bola en la garganta. Ómar parece espiar adentro de la casa por encima de su hombro, como si recién cayera en cuenta de que está solo.

—Necesito descansar —le dice Pablo, y Ómar asiente:

—Cuídate. —Le da la espalda y se aleja caminando.

La cuadra está vacía.

Pablo se sienta en los escalones del porche. Estudia las ventanas de enfrente. Después las de al lado. Si no son idénticas es por algún detalle decorativo caprichoso. Como las de ellos, que tienen móviles de madera colgando de los marcos, verdes de humedad.

Podría irse ahora mismo.

Tomar un avión y después otro.

Un bus y una lancha.

Internarse en un bosque de bambús. Vivir en una choza al borde de la ciénaga. Mirar los pájaros en el día y el plancton en la noche.

Desaparecer.

¿Qué pensarían sus hijos? Poco. En unos años, Rosa lo vería como un tipo valiente. Eso se dice. La recuerda la última noche frente a la piscina desinflada, mirándolo como si ya supiera el final.

«¿Quién hace algo así?», intentaría Rosa, en el futuro, explicárselo a Tomás —pero también a sí misma—: «No un cobarde». Y esa frase, con el tiempo, se instalaría como el coro de una canción romántica: tramposa, llena de posibilidades.

Mañana, piensa, su vida podría ser otra.

Y se ríe, porque sabe que ya no puede cambiar de vida. Sólo puede huir. ¿Se arrepentiría? Seguro, pero de un modo que no le serviría a nadie. No con un cheque o una herencia. Sólo el llanto inútil. El tiempo perdido.

Cuando voltea hacia la casa de Gonzalo y Elisa descubre a Dany mirándolo desde su porche. Tiene un buzo negro con la capucha puesta, las manos en los bolsillos. Hace calor. Pablo alza una mano y lo saluda. Siente un tirón en algún nervio. Dany desenfunda la mano derecha y Pablo imagina que saca un arma y le vuela la cabeza. Pero no, sólo le muestra el dedo del medio erguido en un perfecto *fuck you*.

—¿Y si viene papi?

—Papi no va a venir.

—Él dijo que sí.

Lucía deja de hacer la mochila y mira a Rosa. La apunta con el dedo:

—Deja de mentir.

—Papi dijo.

—Ya, córtala.

Cindy llega con un mochilón de leopardo.

Rosa sale a recibirla.

Tomás está en el sillón de la sala jugando con el iPad.

Lucía se sirve agua y se la toma.

—¿Estás lista, Cindy? —dice.

—Ajá —Cindy se acomoda el bolso en el hombro—. ¿Y cuántos días nos vamos?

—No sé. ¿Tienes que volver pronto?

—No, yo no —Cindy le hace una trenza a Rosa.

Lucía entra al baño y se lava la cara.

—¿Llamo a tu mamá, Lucy, para avisarle que nos vamos? —pregunta Cindy desde afuera. Lucía piensa dos, tres segundos. Busca el protector solar en su carterita de cosméticos y se lo unta en la cara:

—No hace falta.

* * * *

La singularidad de cada mujer, el despliegue de su identidad individual se construye a la sombra de su potencia biológica, aunque renuncie a ella...

Era casi el final de su artículo, y no le gustaba demasiado.

Había hecho un gran esfuerzo, había leído y releído decenas de textos. Llevaba escribiendo meses y había llegado a la conclusión de que eso era lo mejor que podía hacer. ¿Querría hacerlo mejor? Seguro. Pero mejor era otra cosa, algo que se le resbalaba de las manos, como la seda fina de un vestido ajeno.

La biblioteca estaba bastante despoblada. Era viernes. Era tarde. Tendría que salir de ahí y buscar a sus hijos, que estaban en la casa de unos amigos. El plan, en realidad, era que los niños dormían en la casa de los amigos, y Pablo y ella se iban a una cena. Una cena importante —casa colonial, mantel de algodón, laureles de montaña en los floreros—. Su vida estaba llena de cenas importantes que no servían para nada.

Debía, entonces, llamar a Pablo para recordarle que tenían una cena importante. Luego, ir a la cena. Luego, parecer entusiasmada. Y así, ir tirando un poco todos los días.

Volvió a su artículo:

Las madres cargan con demasiadas representaciones asociadas a su rol: la ternura, la paciencia, la resignación, el altruismo, la preocupación, la culpa, la incondicionalidad, el pacto tácito pero incuestionable de dar todo por sus hijos. ¿Y los padres?

Una colección de frases tensas, resentidas.

Se preguntó si parir un hijo y abandonarlo a su suerte —por la decisión de un padre espartano o por necesidad o por costumbre— dolería menos que parirlo para verificar neuróticamente todos los días el perímetro que lo contenía: ese pequeño espacio infinito, lleno de amenazas pavorosas e incontrolables.

Pablo no entendía. Podía verlo con el labio superior levantado en un extremo y los ojos rencorosos. Había criado esa mueca exclusivamente para ella. Y para tapar su incomprensión.

Pablo era un tipo formado, pero no entendía. Era un tipo formado, pero tarde, cuando ya los vicios de crianza se le habían hecho costra dura en el cerebro.

Cuando ella escribía del amor materno no se refería al suyo por sus hijos. No los imaginaba tibios, diminutos y frágiles sobre la báscula de acero, en el minuto siguiente a la salida de su cuerpo; ni veía sus ojos mansos siguiendo la ronda de unicornios que colgaban del móvil de la cuna. O las rodillas rotas de Rosa. O las uñas comidas de Tomás. Los hijos no eran *sus* hijos, era una categoría que los contenía y los excedía.

«Un día no serán más tus hijos», eso le había dicho a Pablo la noche anterior, en medio de una discusión cuyo fundamento se había perdido al instante. «¿Serán tus hijos, entonces?», disparó él, la mueca a pleno. «No serán hijos de nadie». «¿Y qué serán?». «Personas. Gente que no vas a conocer». «¿Y tú sí?». «Tampoco». «Qué estupidez», Pablo le dio la espalda, apagó su lámpara, bufó.

Adjuntó el artículo al correo que ya tenía escrito para la editora.

Hoy era el último día del plazo extendido.

Paseó los ojos por los blancos entre las palabras que llenaban la pantalla, dibujando serpentinas. Mandó el mail.

Echó medio cuerpo sobre la mesa, donde sólo quedaba un muchacho joven, demasiado pálido y demasiado flaco, que la miró y debió preguntarse si se habría descompuesto. A Lucía le pareció que iba a hablarle. Adivinó su propósito en un movimiento microscópico, impregnado de buenas intenciones. Y volteó la vista hacia el otro lado.

* * * *

El camino está lleno de escarabajos.

Rosa dice que pisen con cuidado, pero cada tanto se oye el craqueo de alguno. Cindy lleva a Rosa en la espalda, los

147

brazos de la niña le rodean el cuello y las piernas la cintura. Tomás agarra a Lucía de la mano y mantiene los ojos en la arena, muy abiertos, como para no perder de vista a los insectos. Pisa uno y dice:

—Oh, no.

—No te preocupes —dice Lucía—, los escarabajos no se mueren.

—Mentira —contesta él.

—Bueno, pero dejan las larvas que viven un montón, y esas larvas ponen huevos. Y así.

—Eso es que no se extinguen, pero sí se mueren.

Le parece que llegaron al lugar. Están las casas de playa, más viejas y gastadas. Están las barbacoas. Huele a moho. Y a salchicha quemada.

—Tendríamos que averiguar por acá —dice Lucía.

—Es feo —se queja Rosa—, huele a popó.

Cindy y Tomás se ríen. A Lucía no le hace gracia. Imagina que si Pablo estuviera ahí, sería el principio de una seguidilla de chistes por el estilo. Le viene una imagen de Pablo con su bata a cuadros y sus ojeras moradas.

Tomás le suelta la mano y va a sentarse a un banco de cemento en la puerta de un hotel que se llama Venecia. Cindy lo imita, descarga a Rosa y después se sienta.

Son ellos contra mí, piensa Lucía, y larga el aire contenido.

¿Hace cuánto no respira?

Del hotel salen un hombre y un niño de unos diez años. Caminan hacia el mar. Detrás sale una mujer con un traje floreado, debe ser la madre.

—¿Mami? —Tomás la llama.

Ella se acerca al banco y él dice que tiene hambre.

Llevan viajando varias horas y no han comido más que galletas de arroz y Coca-Cola. Esta es la tercera playa donde paran, las dos anteriores fueron descartadas. La primera estaba cundida de *surfers*. La segunda de ancianos.

Que por qué se iban, le preguntó Tomás en el auto. Para cambiar de aire. ¿Fue por lo que él gritó en la playa? Nada que ver. Cindy quiso saber qué gritó en la playa. Lucía dijo «No importa, una tontería». Rosa murmuró: «Tomi es racista». Y todos callaron. Después Lucía le preguntó por su historia de Benjamín devenido en narco partícula que viajaba a través de la fibra óptica. Tomás se encogió de hombros: «No sé». Después enmudeció.

—¿Qué hora es? —dice Lucía.

Cindy busca su celular en el bolso de leopardo:

—Casi las seis.

Lucía entra a la recepción del hotel. La atiende una mujer bronceada de pelo blanco y un vestido de lunas y estrellas. Tiene los dedos manchados de tinta. Anota sus nombres en una página nueva del libro de huéspedes y pasa la tarjeta por una noche. Las habitaciones disponibles, le explica la mujer, están en un segundo piso por la escalera. Lucía acepta, decide no quejarse ni hacerle ver que no es ciega y puede darse cuenta de que el hotel está vacío. Sólo pide que tengan vista al mar.

Cuando sale, los niños están echados en la arena y se han sacado los zapatos. Cindy les canta una canción tropical sobre una casita blanca con margaritas en el patio. Es horrible. A ellos —oh sorpresa— parece encantarles.

—Van a hacernos hamburguesas —les dice Lucía y señala a un viejo de bermudas y guayabera que está encendiendo la barbacoa.

—¿Vamos a ver la puesta de sol? —dice Cindy.

Lucía se ha quedado fijada en la barbacoa y el humo que empieza a elevarse hacia lo alto de las palmeras. Cuando voltea, ve a los niños y a Cindy avanzando hacia el mar, donde están sentados el padre, el hijo y la madre que salieron del hotel. Todos planean hacer lo mismo. Los alcanza. Se sientan a pocos metros de la orilla. Cindy tiene la deferencia de dejarla en el medio de los dos niños, y ella se ubica en un extremo, al lado de Rosa. La otra madre abre un yogur y se lo ofrece a su hijo. El niño niega con la cabeza.

Una gaviota da saltitos que dejan huellas en la arena húmeda y después se engulle un caracol.

—Mira bien —le dice el padre al hijo y señala algo impreciso: el mar, el horizonte rojizo, la gaviota que se eleva, sus propios pies—: recuerda esto, porque un día se va.

¿Adónde se va?

La madre los contempla a ellos, ignora el paisaje. Su paisaje son ellos y debe estar diciéndose lo mismo: un día se van.

Poetas, piensa. Cubanos, piensa después.

—Tengo hambre —ahora es Rosa.

—Ya vamos a comer —dice Lucía.

—Yo voy por las hamburguesas —dice Cindy y se levanta.

Lucía la mira sacudirse la arena del *short* de un modo vulgar, casi lascivo, pero esta vez no le molesta tanto. Quizá porque da con algo mejor, algo más honesto que el afecto que no le tiene ni le tendrá nunca. Gratitud. No tiene que quererla para sentirse agradecida.

Ahora, sola con sus hijos, se siente en la disposición de adueñarse de ese pequeño espacio de arena húmeda que ocupan. Los abraza contra sus costillas y ellos se quejan, pero no los suelta.

La familia de al lado está en silencio, colgada en la puesta de sol. Es una puesta de sol muy parecida a la de todos los días, pero ellos la creen única e irrepetible. Así será hasta que el recuerdo se degrade, primero, y se extinga, después.

Lucía respira en cuatro tiempos. Luego tres y dos, y consigue elevar sus pulsaciones.

Les dice a los niños que hagan lo mismo: quiere limpiarlos, llenarlos de oxígeno, preservar sus corazones. Ellos se fastidian. Se levantan y van hacia el agua, se mojan los pies. Rosa bosteza. Después levanta una caracucha de la arena y le dice a Tomás: «Te la vendo por siete dólares». Tomás simula sacar dinero del bolsillo: «Tengo cinco».

Se concentra en los cuerpos recortados de los niños. El mar y el cielo al fondo, confundiéndose. Es todo lo que alcanza a ver, el resto del perímetro se disuelve a los costados.

Piensa en la ambición inútil de fijar momentos.

Piensa en todas las veces que vio gente tratando de guardarse algo fresco para siempre. De ganarle una batalla —alguna— al paso del tiempo.

Todos pierden. No los ve después, claro. Los olvida pronto.

Pero sabe que pierden.

Agradecimientos

Gracias a Máximo Chehin y a María Zago por sus lecturas cuidadosas, y a Eugenia Zicavo por su tesis inspiradora.

Sobre la autora

Margarita García Robayo (Colombia, 1980) es autora de las novelas *Lo que no aprendí* y *Hasta que pase un huracán*; de los libros de cuentos *Hay ciertas cosas que una no puede hacer descalza*, *Las personas normales son muy raras* y *Cosas peores* (Alfaguara, 2016), galardonado con el prestigioso Premio Literario Casa de las Américas 2014. En 2015, en Chile, se editó una antología personal de sus textos llamada *Usted está aquí*; participó también en antologías colectivas como *Región: cuento político latinoamericano* y *Padres sin hijos / Childless parents*, entre otras. Entre el 2010 y el 2014 fue directora de la Fundación Tomás Eloy Martínez. Su trabajo ha sido publicado en Colombia, Argentina, México, Brasil, Perú, Chile, Estados Unidos, Italia y España, y ha sido traducido a varios idiomas.

Tiempo muerto de Margarita García Robayo
se terminó de imprimir en septiembre de 2017
en los talleres de
Ultradigital Press, S.A. de C.V.
Centeno 195, Col. Valle del Sur, C.P. 09819,
Ciudad de México.